町奉行内与力奮闘記三

権益の侵

上田秀人

目次

第一章　奉行の名声　9
第二章　城中暗闘　76
第三章　内の奸　144
第四章　江戸の実像　210
第五章　希望の闇　279

●江戸幕府の職制における江戸町奉行の位置

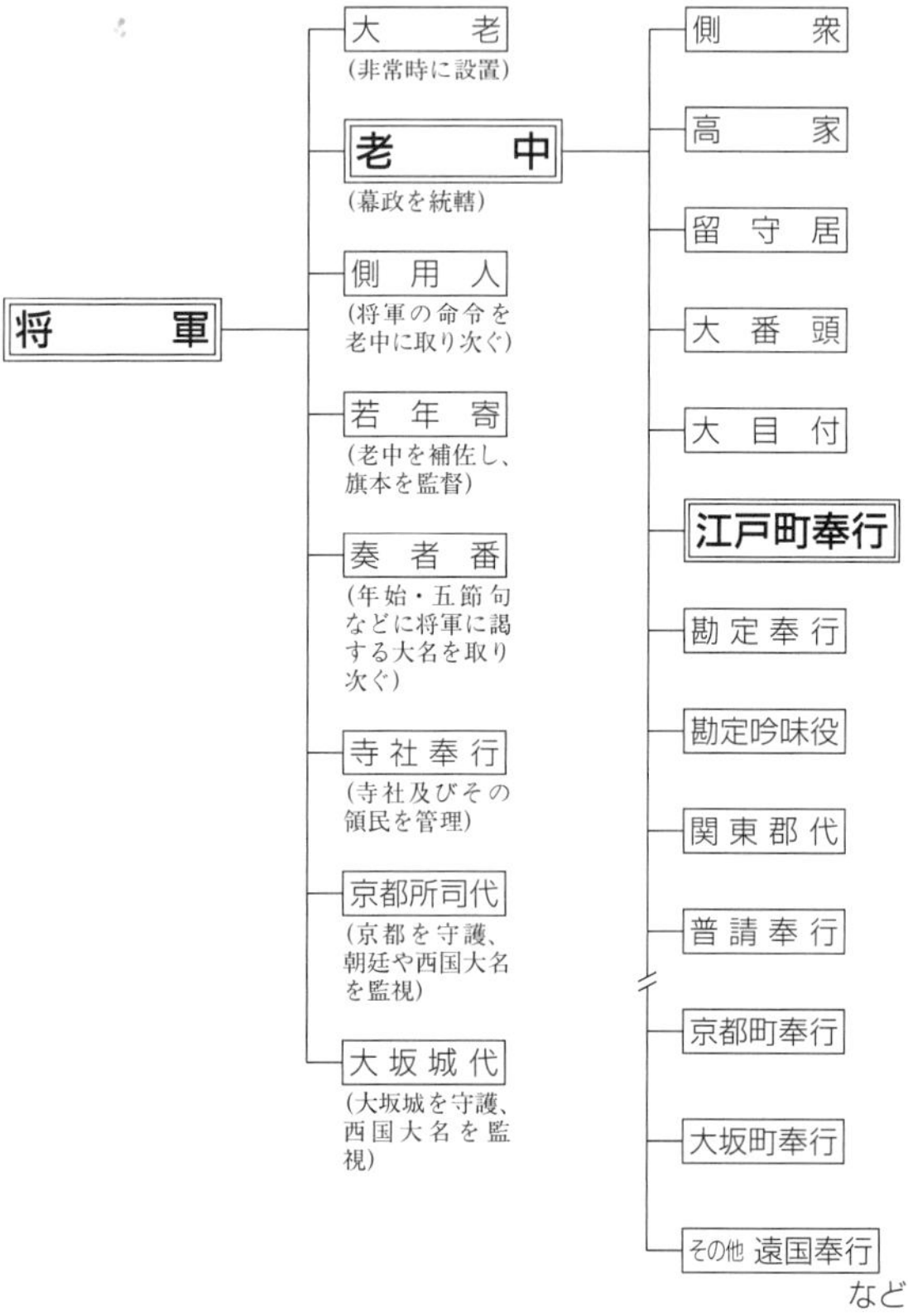

※江戸町奉行の職権は強大。花形の役職ゆえに、その席はたえず狙われており、失策を犯せば左遷、解任の可能性も。

●内与力は究極の板挟みの苦労を味わう！

奉行所を改革して出世したい！
江戸町奉行
幕府三奉行の一つで、旗本の顕官と言える。だが、与力や同心が従順ではないため内与力に不満をぶつける。
臣従
究極の板挟み！
内与力
町奉行の不満をいなしつつ、老獪な与力や同心を統制せねばならない。
失脚させたい
腐敗が許せない
監督
町方（与力・同心）
代々世襲が認められているが、そのぶん手柄を立てても出世できない。
→役得による副収入で私腹を肥やす。
→腐敗が横行！
現状維持が望ましい！

【主要登場人物】

城見亨　本書の主人公。曲淵甲斐守の家臣。二十四歳と若輩ながら内与力に任ぜられ、忠義と正義の狭間で揺れる日々を過ごす。一刀流の遣い手でもある。

曲淵甲斐守景漸　四十五歳の若さで幕府三奉行の一つである江戸北町奉行を任せられた能吏。厳格なだけでなく柔軟にものごとに対応できるが、そのぶん出世欲も旺盛。

西咲江　大坂西町奉行所諸色方同心西二之介の長女。歯に衣着せぬ発言が魅力の上方娘。

播磨屋伊右衛門　咲江の大叔父。日本橋で三代続く老舗の酒問屋。

伊兵衛　咲江の祖父・得兵衛が営む海産物問屋・西海屋の手代。

松平周防守康福　老中。譜代名門大名として順調な出世を重ねている。

竹林一栄　江戸北町奉行所吟味方*筆頭与力。

左中居作吾　江戸北町奉行所年番方*与力。

早坂甚左　江戸北町奉行所隠密廻り同心。

牧野大隅守成賢　江戸南町奉行。

松平伊賀守忠順　寺社奉行。富くじの余得絡みのもめ事で曲淵甲斐守と対立。

松平典膳　寺社奉行を務める松平家の家老。

江坂言太郎　寺社奉行松平伊賀守の小検使。

伊藤先之助　寺社奉行松平伊賀守の小検使。

*吟味方与力　白州に出される前の罪人の取り調べなどを担当する。

*年番方与力　奉行所内の実務全般を取り仕切る。

第一章　奉行の名声

一

江戸の中心、茅場町《かやばちょう》からはるか東、江戸とも言えぬ浅草田圃《たんぼ》へ移された吉原だったが、快楽を求める男たちの支持は厚い。

大門が開かれる昼八つ（午後二時ごろ）から閉められる深更まで客足は途切れなかった。

もっとも江戸市中から遠くなったことで、客層に大きな変化はおこっていた。

門限があり、泊まりの許されない武家は、大門が開いてすぐのお昼に入り、夕刻前には帰っていく。代わって、一日の仕事を終えた職人を中心とする町人が日暮れとともに訪れ、一夜を過ごす。

江戸北町奉行曲淵甲斐守景漸《まがりぶちかいのかみかげつぐ》の家臣で内与力《うちよりき》に任じられた城見亨《しろみとおる》は、吉原からの報《しら》せを受けて千両富殺しの下手人を受け取りに来ていた。

「さあ、帰るぞ」

捕り物を仕切った北町奉行隠密廻り同心早坂甚左《どうしんはやさかじんざ》が、手下の岡っ引き彦六を促した。

「へい」

うなずいた彦六が、大きく息を吸った。

「北町の者《もん》だ。どいてくれ。見世物じゃねえ」

彦六が捕り縄で高手小手に戒められた下手人を引きずりながら、なにごとかと集まってきていた野次馬に向かって声を張りあげた。

「あいつが、千両富を当てた男を襲って金を奪った下手人らしい」

「千両かあ。たしかに人を殺してでも欲しい金だな」

野次馬たちが下手人を見て、ささやき合った。

「富は当てたいが、殺されたくはねえなあ」

下手人は仲間と共謀して、谷中感応寺《やなかかんのうじ》でおこなわれた千両富で一番を当てた若い職人を殺して金を奪い、吉原で馴染《なじ》みの遊女を身請けしようとした。が、その身分不相応な金の遣い方を怪しまれ、吉原から密告された結果、亨たちによって捕縛された。

「金は三百もなかったらしいぞ」

どこからか話を仕入れてきた野次馬が話した。

「七百両も遣っちまったのか。居続けで太夫《たゆう》でも揚げたか」

他の野次馬が目を剝《む》いた。

「あの面見ろよ。いかに金があっても太夫の相手ができる顔じゃねえぞ」

「違《ちげ》えねえ」

野次馬の間から笑い声があがった。

太夫は吉原を代表する遊女で、美貌《びぼう》は当然、大名や豪商と趣味の話ができるほどの教養も持つ。松の位を持ち、天皇の枕頭に侍《はべ》ることもできると豪語していた。

格式が高く、金があるだけでは太夫の客になれなかった。大名や高禄の旗本、名の知れた豪商と、客になるのも資格が要るだけに吉原全体で数人しかいない。

「となれば……仲間がいるんじゃねえか」

「このなかに紛れて、仲間を奪い返そうとしている……」

深読みをする野次馬が出て、一気に周囲の雰囲気が変わった。

「おっと、敵娼《あいかた》を待たしちゃいけねえ」

「早く見世に行かねえと、いい女が売れちまう」

そそくさと離れていく野次馬が出だした。

「おい、そろそろいいぜ」

わざと下手人を見せつけていた早坂甚左が頃合いだと合図した。

「へい」

彦六が下手人を引っ張り、歩き出した。

「早坂どの。これはなにをしていたのでござる」

亨が怪訝《けげん》な顔をした。

「見せつけたのでござる。北町奉行所の手柄でございますからな。とくに、ここ吉原は、他人目《ひとめ》の多いところ。明日にはこの顚末《てんまつ》が江戸中に拡がっておりましょう」

早坂甚左が語った。

隠密廻りは定町廻り同心を長く務めた腕利きのなかから、町奉行が選んで直属にする。捕り物の腕だけでなく、世慣れた者でなければ務まらず、禄の他に町奉行から扶持金をもらえるなど余得の多い役目であった。

「なぜそのようなことを」

見世物にするのは、あまりであろうとの非難を亨は口調に忍ばせた。

「おわかりではないか。お若いな」

老練な早坂甚左が、亨を青いと言った。

「若さは関係ございますまい」

「そこがお若い。知らぬことを訊《き》く。それは正しい。されど、己の矜持《きょうじ》を傷つけたくないと、知らぬことの恥を隠していきがるのは子供でござる」

「子供……」

痛烈な返しに、亨は詰まった。

「若かろうが、年寄りであろうが、知らぬことは謙虚な気持ちで、頭《こうべ》を垂れて教えを請う。これができぬのは、相手を格下と見下しているか、ものを知らぬことを恥と思わず、ただ己を護《まも》りたいと考える子供だけ」

「……………」

亨は返答できなかった。

「内与力というのは、お奉行さまをお支えするのが役目。この意味がわからぬようでは話になりませんぞ」

「むっ」

追撃にも亨は反論できなかった。

「わたくしは、城見さまの下に付けられましてござる。なにかあれば、わたくしがお話しいたしまする。他の与力、同心にこのような問いはなさらぬよう。このていどのこともわからぬ若輩者を内与力という重要な役目に就けたとは……こうお奉行さまが見くびられまする」

早坂甚左が釘《くぎ》を刺した。

「わかった」

亨はうなずくしかなかった。

「北町奉行が下手人を捕らえたと江戸に報せ、甲斐守さまのお名前をあげまする」

「戦国の手柄名乗りと同じじか」

早坂甚左の答えに、亨は応じた。

「さようでござる。昨今、町方役人の評判は悪い。これは、同心たちが、色々な意味でなれ合い、目こぼしを多くいたしておるからでございまする」

「それは……」

町方同心の仲間である隠密廻りの口からそのような話が出るとは思わなかった亨は驚愕《きょうがく》した。

「隠したところで、すぐに知れましょう。甲斐守さまのもとには、お旗本衆や商人たちが誼《よしみ》を求めて集まりまするからな。すぐに、町奉行所の悪口を聞かされましょう」

あっさりと早坂甚左が告げた。

「まあ、それは横において……町奉行所は町人たちの信用を失いつつあるのでござる。たしかに商人から金をもらって、見て見ぬ振りをしているのでござるからな」

「…………」

早坂甚左の言葉に、亨はなにも言わなかった。大坂町奉行所にいたとき、与力、同心の禄では生きていくことさえ難しいと知らされたからであった。

「ほう……少しは」

ほんの少し、早坂甚左の目が大きく開かれた。

「やむを得ぬこととは言いながら、これが代々の習い性になれば、どうしてもそちらに気が行き、町方本来の役目がおざなりになってしまいまする」

「咎人《とがにん》の追捕をしなくなると」

「しないわけではございませぬ。ただ、熱心でなくなる。命がけで下手人を捕まえるよりも、新たな出入り先を見つけ出すほうが、上から褒められるのでござるゆえ」

確認した亨に早坂甚左が述べた。

出入り先とは、町奉行所の与力、同心に節季の贈りものや金を渡してくれる商家や大名、旗本のことである。奉公人や家臣が江戸でなにかことを起こしたときに、内々ですませてもらったり、盗賊などの被害を受けないよう気を付けて見回ってもらったりするなどの融通をはかってもらう。

「ようは、町方役人は仕事をしないと、江戸の庶民は思っている。そこに、人を殺して金を奪った下手人を捕まえたとなると……」

「評判になる。いや、北町はちゃんとしていると町民たちが思う」

「さようでござる。しかも、今回は千両富を当てた幸運の持ち主が殺されて金を盗《と》られた。江戸中の話題を独占した一件。これほど目立つものはございますまい」

早坂甚左が、捕まった男を見世物にした理由を語った。

「どうせこやつは死罪でござる。お調べは仲間の居所を訊き出すだけ。他は形だけで終わりましょう」

肩を落としてうつむいている男に、早坂甚左が冷たい目を向けた。

十両盗めば首が飛ぶ。これは御定書に決められている。親の病気を治すために金が要ったなどの理由がなければ、情状酌量もない。盗んだ金で吉原遊女を揚げていたとあれば、犯行の動機などどうでもよかった。

「金のために人を殺した奴の外聞や気持ちなどどうでもよいのでござる」

早坂甚左が断言した。

「おい」

二人の話が始まったため、足を止めていた彦六に早坂甚左が顎《あご》で合図をした。

「さっさと歩きやがれ」

彦六が男の尻を蹴飛《けと》ばした。

吉原から江戸市中へ戻るには、大きく分けて二つの道があった。

近いのは、大門を出たところで吉原を囲む堀のようなお歯黒溝《どぶ》にそって巡り、そのまま浅草田圃のあぜ道を進んで浅草寺の門前町へと出る道である。ただ、浅草田圃のあぜ道を通るため、狭く足下も悪い。

もう一つは、大門前をまっすぐに行き、五十間道《ごじゅっけんどう》と呼ばれる吉原専用通路を過ぎて日本堤へ出て、山谷《さんや》堀沿いに大川端へと向かう道であった。こちらは吉原へ来る客のために整備されたもので、道幅もあり歩きやすい。

縄で縛られている罪人を連れて、あぜ道を選ぶわけにもいかず、一行は五十間道へと踏みこんだ。

五十間道は、その名の通り長さ五十間（約九十メートル）ほどあった。道幅は二間（約三・六メートル）たらずあり、左右に編み笠茶屋や茶屋が並んでいた。

編み笠茶屋は、遊郭近くだけに見られる独特のものであった。僧侶や神官、顔の知れた武家など、遊郭に足を踏み入れているのが、他人に知れるとまずいといった連中のために顔を隠す編み笠や、身形《みなり》を変える衣服を貸し出した。

人知れずというのが重要なため、編み笠茶屋の出入りは他人目を避けるように工夫され、外から覗《のぞ》き見ることができないよう膝まで隠れるほどの長い暖簾《のれん》を使用していた。

「ようやく行った」

その暖簾の割れから、様子を窺《うかが》っていた寺社奉行所小検使《しょうけんし》江坂《えさか》と伊藤《いとう》が一行を見送った。

「出るぞ」

江坂が太刀を抜きながら、暖簾を潜《くぐ》った。

「待て。江坂氏。おぬしはあの内与力に顔を知られておりまする」

伊藤が江坂を制した。

「むっ」

江坂が口を強く結んだ。

寺社奉行も千両富殺しの下手人を追っていた。千両富くじが寺社奉行の管轄という理由を表にしているが、そのじつは儲《もう》けの大きい富くじの利権に町奉行所の役人が食いこもうとしていることへの牽制《けんせい》であった。

「なんとしてでも下手人を捕まえろ」

主君で寺社奉行の松平伊賀守忠順《まつだいらいがのかみただより》から厳命を受けた寺社奉行所小検使の江坂と伊藤の二人は、北町奉行所の動静を見張り、吉原と接触した亭に目を付けた。

すべてがそうというわけではないが、おおむね悪事を働いた男は酒と女に溺《おぼ》れる。吉原に下手人がいても不思議ではない。

江坂は吉原から呼び出された亭の帰途を待ち伏せし、なんの話をしてきたのかと問うていた。

「ことがことでござる。面体を覆いましょうぞ」

「わかった」

伊藤の提案に江坂はうなずいた。

「これでよい。急ごう。少し離された」

「おう」

急《せ》かす江坂に、伊藤が続いた。

二

「わ。わあ。抜き身だああ」

吉原へと急いでいた職人らしい男が、江坂たちの持つ真剣の光に気づいて騒ぎ立てた。

「ちっ。大声を出された」

「なんだ……」

江坂が舌打ちし、行列の最後にいた亨が振り向いた。

「こんなところで」

近づいてくる覆面姿の武士を見た亨は、急いで太刀を鞘走《さやばし》らせた。

「早坂甚左氏、気を付けられよ」

亨は太刀を構えてから、注意を喚起した。先に声を掛けていては対応が遅れる。

真剣勝負は一瞬遅れただけで、命を失う。大坂で白刃をくぐり抜けた亨は、うろたえなかった。

「……馬鹿が。一目で町方同心とわかるおいらを襲うなど、顔を隠しても正体は知れるわ」

やはり振り向いた早坂甚左が、覆面姿の江坂と伊藤を見て吐き捨てた。

「旦那」

彦六が対応を問うた。

「そいつを逃がすなよ。しっかり縄を握っておけ」

早坂甚左が彦六に指示を出した。

「へい」

首肯した彦六が、男を引き連れて三間（約五・四メートル）ほど離れた。もう一人の小者も彦六に従って、男の後に回って逃げ道を押さえた。

「なにやつか」

亭が誰何《すいか》した。

「その男を置いていけ。さすれば、命までは取らぬ」

江坂が切っ先を亭へ向けた。

「なにを言うか」

亭ができぬと首を振った。

「きさまらが、仲間だな」

吉原の揚屋丹波屋で捕まった男が持っていたのは、千両富を手にしながら殺された左官下働きの吉次郎《きちじろう》の手元にあった金の半分にも満たない。奉行所は男一人の仕業だとは考えておらず、仲間を探していた。

「たわけたことを申すな」

下手人扱いされた伊藤が激高した。

「でなければ、下手人を連れていく我ら町方役人に用はあるまい」

亨は正論で返した。

「……………」

伊藤が黙った。

「城見さま。ここはお任せを」

太刀に手もかけず十手《じって》も出していない無手の状態で、早坂甚左が前へ出た。

「早坂氏、いささか」

危ないと亨は警告した。

「このていどの連中にやられるようでは、隠密廻りは務まりませぬ」

早坂甚左が笑った。

「きさま、町方役人の分際で」

江坂が怒った。

町方同心は直参でありながら、罪人捕縛を任とすることから不浄役人としてさげすまれていた。

「こやつを逃がそうというのではなかろう。きさまらが欲しいのは手柄だ」

早坂甚左が江坂を指さした。

「なっ、なにを……」

「きさま」

江坂と伊藤の顔色が変わった。

「どういうことだ」

一人亭だけが蚊帳《かや》の外になっていた。

「下手人の仲間と言われて憤慨し、手柄の言葉でうろたえる。身形も浪人のように薄汚れておらず、どこぞの藩士といった風。顔を隠したのは、見られては誰だかわかってしまうから。これで相手が誰かわからぬのは、町方役人として困りものでござるぞ。まったくお若い」

「ぐう……」

またもや若いと侮られたが、事実だけに亨は言い返せなかった。

「この下手人を捕まえるのが手柄になるのは……」

「町奉行所だ。だが、南町ではない。北町奉行所の役人ならば、おぬしが知らぬはずはない」

師が弟子に答えを求めるかのように問われた亨が言った。

町方同心は世襲である。正確には一代抱えという譜代ながら跡目を子供に譲れない身分ではあるが、役目が特殊なもので御定書百箇条の応用、町人とのつきあいなど外の者にはわかりにくい。そこで親から直接教育を受けられる息子を見習いとして召し出し、親の隠居にともなって新規召し抱えの形を取りながら、世襲にしていた。

与力が南北合わせて五十騎、同心二百四十人と決められている。その屋敷地から八丁堀《はっちょうぼり》と呼ばれる町方役人は、さきほどの不浄役人と蔑視されていることもあり、仲間内でしか通婚、養子縁組をしない。百年以上、八丁堀のなかだけでつきあってきたに等しいのだ。北町、南町の区別はあっても、皆よく知っている。顔を隠していどでごまかせるはずもなかった。

「となれば……」

亨は江坂たちを見た。

「さよう。寺社奉行さまの配下でございましょうな」

「寺社奉行……松平伊賀守さま」

亨は主君曲淵甲斐守から聞かされた話を思い出した。

富くじは谷中の感応寺でおこなわれているものを含めて、基本が寺社の復興修復などのためにおこなわれる。

つまり、寺社奉行の管轄である。寺社奉行所は、富くじの興行を認める代わりに、その勧進元から賄賂《わいろ》を受け取っていた。その賄賂に町奉行所が目を付けた。興行のたびに起こる掏摸《すり》や脅しなどのもめ事を取り締まってやる代わりに、分け前をよこせと勧進元を脅したのだ。

富くじのおこなわれる寺社内は寺社奉行の支配で、町奉行所は出入りできない。が、その周囲である門前町は、寺社奉行の管理下だとは表向きで、専門の捕り方を抱えていない寺社奉行では取り締まれず、町奉行所に暗黙の内ながら預けていた。

そこの安全を担保に町奉行所は金を要求した。

当たり前の話だが、勧進元として差し出せる賄賂には限度がある。町奉行所にも賄賂を支払うとなれば、寺社奉行所の取りぶんを減らすしかない。

「他人の懐へ手を入れるな」

寺社奉行松平伊賀守忠順が怒ったのも当然であった。松平伊賀守は、曲淵甲斐守のしたことを老中へ越権行為だと訴えていた。

「我らが下手人を捕まえれば、寺社奉行に犯人逮捕の能力がないと示せる。できない者に江戸の治安を預けるほど、ご老中さまはお優しくはない。きっと富くじを当てた男を殺し、金を奪った下手人を捕まえよ」

曲淵甲斐守からの厳命を受けて、亨はここにいた。

「まずい」

「ああ」

主君の名前が出た。松平伊賀守の家臣が、吉原の大門前で太刀を抜いて、町方役人を脅したとなれば、大事になる。江坂と伊藤が顔を見合わせた。

「生かして帰すな」

「承知」

二人が太刀を構えた。

「いいのかい」

早坂甚左の雰囲気がくだけた。

「きさまらを殺せば、すむ話だ」

脅しを兼ねて、江坂が嘯《うそぶ》いた。

「見てなかったのか」

「なにをだ」

馬鹿にするような口調に、伊藤が怪訝な表情をした。

「吉原大門で、お披露目をしてたんだぞ」

「さきほどの騒ぎ……」

江坂が思い出した。

「北町奉行所が、千両富殺しの下手人を捕まえたとお披露目したわ。今更、おいらたちを殺して、こいつを奪い去ってもどうしようもねえぞ。どころか町方役人殺しの下手人として、寺社奉行所が目付《めつけ》から調べられることになる」

「くっ」

「どうする」

呻《うめ》いた江坂に、伊藤が尋ねた。

「気にするな、遊所の噂《うわさ》など、御上がお取りあげになるはずはない」

「そうじゃな。吉原は御免色里とはいえ、悪所でござる。そのようなところに通う者と寺社奉行所の役人、どちらを目付は信じるかなど、自明の理でござる」

江坂の理論に、伊藤も同調した。

「……ただの馬鹿だったか」

早坂甚左が顔をしかめた。

「どういうことだ」

「町人の力をわかっちゃいねえ。町の噂の怖さを、寺社奉行所はなめてる」

亨の疑問に、早坂甚左が応じた。

「町人の豪商には、老中方とさしで話ができる者がいる。そこからこういう噂がと報されてみろ。ご老中さまの面目は丸つぶれだ。寺社奉行と町奉行の争いを町人まで知っているとなれば……」

早坂甚左が述べた。

「黙れ」

会話している亨と早坂甚左を油断と見たのか、江坂が斬りかかってきた。

「おっと」

「むっ」

軽々と早坂甚左が避《よ》け、邪魔にならぬよう亨は大きく後へ引いた。

「たいした腕じゃねえな」

早坂甚左が、江坂を笑った。

「…………」

一瞬、早坂甚左がこちらに目をやったことに亨は気づいた。

「きさま。そこを動くな」

頭に血がのぼった江坂が怒鳴った。

「動くなと言われて、はいとうなずくほど素直じゃ生きていけないぜ」

早坂甚左が、より江坂を煽《あお》った。

「ふざけたことを……」

江坂が早坂甚左の挑発に乗った。

「届かねえなあ」

半歩身を退《ひ》いて、早坂甚左が笑った。

「こいつ、許さぬ」

目を吊《つ》り上げた江坂が追った。

「分断したのか」

亨は、江坂を連れて離れていった早坂甚左の意図を感じた。

「ならば、相手はあいつだけだな」

太刀を手に、亨は伊藤に注目した。

「おい」

伊藤がどうしていいのかと戸惑っていた。

「なにをしている。さっさと内与力を片づけぬか」

江坂が振り向きもせず、叫んだ。

「お、おう」

叱《しか》られた伊藤が、急いで亨に向かってきた。

「わあああ」

伊藤が太刀を振った。

「……え」

五寸（約十五センチメートル）以上手前を過ぎていく切っ先に、亨は驚いた。

「どうだ。思い知った……か」

空を斬ったにもかかわらず、伊藤が勝ちを宣言した。

「わ、あわ」

力任せの一刀は、当たるものなく過ぎ、勢い余って地面に当たった。

「……刀に傷が」

あわてて太刀を引いた伊藤が、切っ先をあらためた。

「いいのか」

真剣勝負の最中に、相手から目を離した伊藤に、亨はあきれた。

真剣勝負をした経験が亨を冷静にしていた。

「……ふん」

すっと間合いを詰めた亨は、太刀で伊藤の鎖骨を上から叩《たた》いた。

刀は引くことで切れる。打ち据えただけでは、刃は多少食いこむていどで止まる。

その代わり、亨が一撃にこめた力はそのまま下へ伝わり、細い鎖骨を始めとし、肋《ろっ》骨《こつ》数本を砕いた。

「ぐはっ……かひゅう」

鎖骨と肋骨を砕かれた伊藤が、呻いた直後から妙な音を発した。

「い、息が……」

伊藤が太刀を捨て、喉《のど》をさすった。

「斬らなかったのはいいが、ちいと力が入りすぎだ」

見ていた早坂甚左が感想を口にした。

「余所見《よそみ》をするな」

江坂が怒鳴りながら、早坂甚左へと迫った。

「いいのかい。ご同輩がやられたみたいだぞ」

「ふん。騙《だま》されるか。あの者は我が藩でも指折りの遣い手だ。四天王の一人と讃《たた》えられる剣術の名手だ。不浄役人ごときに……」

顎で背後を指した早坂甚左に、江坂が言い返した。

「死にかけだが、そちらがそう言うならばいいだろうぜ。さあ、続きをしよう」

早坂甚左が手招きをした。

「………」

その態度に江坂が不審そうな顔をした。

「おい、返答をいたせ」

目を早坂甚左に向けたままで、江坂が命じた。

「……伊藤。声を出せ」

ついに名前まで口にしてもう一度江坂が言ったが、返答はなかった。

「まさか……伊藤」

江坂が振り返って、地面に転がって呻《つ》いている伊藤を見つけた。

「言ったとおりだろう。町方役人は嘘を吐かないもんだ」

「きさま……」

追い打つような早坂甚左の嘲弄《ちょうろう》に、江坂が激高した。

「しばし我慢いたせ。吾《われ》がすぐにこいつを片づけ、助けに行ってやる」

江坂が早坂甚左へと向き直った。

「おう。ただちに仲間の手助けに行かないとは、薄情な。まあ、背中を向けたら、許さなかったがな」

早坂甚左が口の端を吊りあげた。

「……きえええ」

江坂が気合い声をあげて斬りかかった。

「甘《あめ》えなあ。それで斬れるのは動かないわら人形くらいだろう」

早坂甚左が嘆息した。

「よっ」

軽々とかわした早坂甚左が、ようやく後帯に差していた十手を出した。

「やあっ」

鋭い気合いとともに、早坂甚左が十手で江坂の右肩を打った。

「ぎゃっ」

江坂が太刀を落として、苦鳴を出した。

「貝殻骨を叩き割った。もう、二度と右手で太刀は持てねえ」

早坂甚左が宣した。

町方同心は捕り方であって、剣術遣いではない。下手人追捕のために剣術も学ぶが、斬り殺しては後々の調べに差し障る。できるだけ殺さず、捕まえるための術《すべ》を町方同心は身につけていた。

「お、おのれえ」

左手で太刀を拾いあげながら、江坂が早坂甚左を睨《にら》んだ。

「止《や》めときな。こんなところで家臣の死体を晒《さら》したら、ご主君さまの首が飛ぶぜ」

首が飛ぶとは、寺社奉行を辞めなければならないとの意味である。

「ううう」

早坂甚左の忠告に江坂が呻いた。

「急ぎ医者に駆けこめば、助かるかもしれねえ。そこらの茶屋に金を握らせて、人手と戸板を用意してもらいな」

早坂甚左が告げた。

「城見さま、参りましょう」

二人から興味をなくしたかのように早坂甚左が、亨へ近づいた。

「よいのか」

かろうじて生きてはいるが、虫の息と言える伊藤を亨は見た。

「自業自得というやつですな。生きているだけでよしとすべきでしょう」

「しかしだな」

気にするなという早坂甚左に亨はためらった。

「飛んできた矢を払い落としただけでございまする。払われた矢が折れたからといって、城見さまは弁済を申し出られますかな」

早坂甚左が語った。

「道具だと……」

その意味するところを亨は読み取った。

「さようでございまする。こやつらは寺社奉行さまの道具。そして……」

早坂甚左が亨を見た。

「我らは町奉行の道具」

亨が続けた。

「…………」

伊藤の苦悶《くもん》から亨は目を背けた。

「ここは放置してやるのが気遣いというものでござる。それが道具同士の思いやり」

亭を残して、早坂甚左が彦六のほうへと離れていった。

「城見さまは甲斐守さまの道具で、拙者は奉行所のといささか違いますがな」

呆然《ぼうぜん》とした亭には、早坂甚左の呟《つぶや》きは届かなかった。

三

捕まえられた下手人は、町奉行所ではなく、八丁堀にある大番屋へ連れこまれた。大番屋は月番奉行所から出された当番与力、同心、小者が交代で詰めていた。

「千両富殺しの下手人でござる」

捕り物の指揮を執ったのは早坂甚左だが、一行の責任者は内与力の亭である。

亭が当番与力に報告した。

「内与力どのが……」

当番与力が目を剝いた。

内与力は、町奉行所と町奉行との円滑な関係を担当するためにある。捕り物に出ることなど、今まではなかった。

「お奉行よりのご指示でござった」

亨が経緯を話した。

「……吉原が下手人を町奉行所に引き渡しただと……いや、ご無礼をつかまつった」

驚きのあまり、当番与力が乱暴な口をきき、あわてて詫《わ》びた。

吉原は町奉行の手出しをさせない。大門内は世間と違った苦界だと公言して、なにがあってもなかで片づけ、外へは出さなかった。その吉原が下手人を町奉行所へ渡した。当番与力が驚くのも無理のないことであった。

「なにとぞご容赦を」

内与力は、町奉行となった旗本の家臣から選ばれる。身分は陪臣であった。もっとも、内与力の間は、筆頭与力に準じる。

「いえ」

気にしないでいいと亨は首を横に振った。

「引き渡しの書付を」

「今」

事務処理を進めてくれと言った亨に、当番与力が応じた。

どのような罪でも、罪人には違いない。人を殺した下手人でも小銭を盗んだだけの盗人《ぬすっと》も手続き上は同じように扱われた。もっとも、下手人は逃亡されては困るので、しっかりとした木枠で作られた仮牢へ入れられ、盗人ていどなら大番屋の土間に打ちこまれた杭に捕り縄を繋《つな》ぐだけと差はあったが、記録はしっかりと残された。

「たしかに受け取り申した」

当番与力が書付を完成させ、控えを亨に渡した。

「では、お願い申しあげる」

亨は軽く頭を下げて、大番屋を出て、常盤橋《ときわばし》にある北町奉行所へと帰った。

内与力は奉行所表門を潜ってそのまま玄関へ向かわず、左奥へと進んだ内玄関からなかへあがった。

北町奉行曲淵甲斐守は、内座間で執務していた。

「戻りましてございまするる」

次の間で亨が帰着を報告した。

「………」

亨に応じず、曲淵甲斐守は書付の処理を続けた。

小半刻（約三十分）ほどして、ようやく曲淵甲斐守が顔をあげた。

「捕まえたであろうな」

じろりと曲淵甲斐守が亨を睨んだ。

「はっ。大番屋に引き渡して参りました」

亨が答えた。

「うむ」

曲淵甲斐守が満足そうに顎を引いた。

「なにもなかったか。吉原は従順であったろうな」

異常はなかったかと曲淵甲斐守が確認した。

「吉原ではなにもございませんでしたが、大門を出たところで寺社奉行さまの配下と思われる二人の侍に……」

「寺社奉行の家臣と名乗ったのか」

ぐっと曲淵甲斐守が身を乗り出した。

「自らの口から名乗りはいたしませんでしたが、早坂どのに言い当てられておりました」

「早坂甚左が……捕らえたのか」

「いいえ、道具の情けだとそのままに」

「…………」

亨の返事に曲淵甲斐守が難しい顔をした。

「いかがなさいました」

主君の変化に亨が尋ねた。

「早坂をこれへ」

「はっ」

主君の命を問い返すのは無礼になる。亨はすぐに動いた。

隠密廻りは奉行直属になる。とはいえ、身分は同心である。奉行所のなかでの居場所は、表門を入ってすぐ左、塀際にある同心詰め所であった。

「早坂どの、お奉行さまがお呼びである」

亨が同心詰め所へ顔を出した。

「今、帰ってきたところだというのに、人使いの荒いお方だ」

早坂甚左がため息を吐いた。

「どのお奉行さまも同じだろうが」

他の同心が笑った。

「たしかにな」

早坂甚左も同意した。

「お待たせを」

同心詰め所に内与力が入るのは反発を買う。外で待っていた亨に、早坂甚左が小さく頭を下げた。

「お呼びである」

暗に急げと亨は言った。

「何用でござろうか」

「おわかりのはず」

用件を問うた早坂甚左に、亨は応じた。

「……寺社奉行のことでござるか」

早坂甚左が天を仰いだ。

「面倒でござるなあ」

「……お奉行さまのお考えに対して無礼であろう」

内与力に任じられて幕臣格になったとはいえ、亨は代々曲淵甲斐守に仕える譜代の家臣である。主君の命に不服げな態度を見せる早坂甚左を捨て置けなかった。

「固い。固すぎますな」

早坂甚左が首を横に振った。

「なにがだ」

「町方役人は、町人を担当いたしまする。武家の考えだけでは、見えぬものがございますぞ」

「見えぬもの……」

亨が首をかしげた。

「それはなん……」

「着きましたぞ」

詳細を訊こうとした亨を、早坂甚左が制した。

「早坂でございまする」

「入れ」

次の間の襖《ふすま》外から声を掛けた早坂甚左を曲淵甲斐守が招いた。

「語れ」

余計なことを省いて、曲淵甲斐守が命じた。

「……というところから寺社奉行の配下ではないかとの推測に至りましてございまする」

早坂甚左が的確に説明した。

「なぜ捕らえてこなかった」

曲淵甲斐守が早坂甚左を睨みつけた。

「町方は武家を捕まえられませぬ」

早坂甚左が建前を口にした。

「ふん。浪人ものは町奉行所の管轄であろう」

曲淵甲斐守が口にした。

浪人は庶民であった。武士は主君を持って初めてその身分として扱われる。忠義をその根本に置く徳川幕府である。忠義を捧げる相手を失った浪人を武士として認めないのは当然であった。ただ、主君を探しているという事情を勘案して、両刀を腰に帯びるのを黙認しているだけで、罪を犯せば町奉行所が出張った。

「浪人ものとして扱えばよかったと仰せで」

早坂甚左が曲淵甲斐守を窺うように見た。

「松平伊賀守どのの家臣だと言ったわけではないのだろう」

曲淵甲斐守が確認した。

「……………」

無言で早坂甚左が首肯した。

当たり前である。北町奉行所の捕り方を襲い、その手柄を横取りしようとしたのである。主君の名前など死んでも口にはできない。明らかになれば、主君の命にまで責任は及ぶ。

「ならば浪人として捕まえてくるべきであろう。町方役人が襲われたのだぞ。その暴漢を見逃してくるなど……」

「気が付きませず」

早坂甚左が謝罪した。

「偽りを申すな」

曲淵甲斐守が怒鳴りつけた。

「…………」

すっと感情を消した早坂甚左が黙った。

「寺社奉行に恩を売ったのであろう」

「…………」

早坂甚左が目を閉じた。

「恩とは……」

蚊帳の外となっていた亨が思わず呟いた。

「わからぬか。若いの」

「それは……」

吉原大門で早坂甚左から何度も聞かされた言葉を、ふたたび主君から言われて、亨は憮然《ぶぜん》とした。

「ふてくされるな。教えてやる。そもそも今回の寺社奉行とのもめ事は、町奉行所に非がある」

「つっ」

断言した曲淵甲斐守に、早坂甚左が小さく声を漏らした。

「他人の懐に手を入れて、財布のなかから金を奪うようなまねをしたのだ。いかに、働いていない寺社奉行所に金が入り、現場で苦労している町奉行所になにも余得がないとしてもだ。長年続いた慣例を破ったのは、こちらである」

早坂甚左を見ながら、曲淵甲斐守が続けた。

「黙っていれば、こちらが負けた。慣例を破る者は排除されるのが決まり。富くじの勧進元も数年は大人しく金を出すだろうが、いずれ気が付く。町奉行所には、富くじをどうこうするだけの権がないことにの」

「………」

早坂甚左は沈黙を保った。

「そのとき寺社奉行所が、町奉行所を排斥しようとしていたら、勧進元も心強かろう。同じ金を払うならば、富くじの規模、回数を差配できる寺社奉行所に払いたいだろうしの」

「はあ」

まだ理解できていない亨が、中途半端な相づちを打った。

「だが、そのときに寺社奉行所が町奉行所の食いこみを認めていたら……」

「…………」

早坂甚左が頰《ほお》をゆがめた。

「勧進元も町奉行所を排除するのに二の足を踏もう。勧進元が、金食い虫である町奉行所を拒絶できるのは寺社奉行所の後押しがあるからだ。それがなければ……」

「町奉行所と直接対峙《たいじ》しなければならなくなる」

亨が気づいた。

「そうだ。寺社奉行所の支配域である門前町に住んでいようとも、町奉行所の影響を受けている。勧進元など、裏を返せば香具師《やし》同然。なにかと後ろ暗いこともしておる。町奉行所を相手に一人で立ち向かうだけの気力などなかろう」

そこまで述べた曲淵甲斐守が亨を見た。

「これでわかったか。なぜ、二人の寺社奉行家臣を見逃したか」

「二人を返すことで松平伊賀守さまに暗黙の恩を売った」

問われた亨が答えた。

「うむ。藩が潰されることを思えば、多少の金など安いものだからな」

曲淵甲斐守が正解だとうなずいた。

「ゆえに許せぬ」

厳しい口調で曲淵甲斐守が早坂甚左を叱った。

「浪人ものとして捕縛しておれば、儂《わし》が直接松平伊賀守どのへ恩を売れた。なにやら貴家の名前を騙《かた》って浪人ものが乱暴狼藉《ろうぜき》を働いた。そのようなことはないと思っているが、念のためにお報せする。儂が内々で話を終わらせようとしていると松平伊賀守どのは気づく。表沙汰《ざた》にされれば身の破滅じゃ。黙ってこちらの言いぶんを呑《の》むしかあるまい」

「はい」

亨はうなずいた。

「やがて若年寄や京都所司代などを経て老中へとのぼっていく松平伊賀守どのへの貸し。儂個人が手にできたものを、こやつは町奉行所のものにいたしおった」

憎々しげに曲淵甲斐守が早坂甚左を罵《ののし》った。

「…………」

早坂甚左は反応しなかった。

「報いを受けさせねばならぬ。二度とこのようなまねをしようと思わぬようにな」

「どのようなご処置でもお受けいたしましょう」

目を開いた早坂甚左が手を突いた。

「……ふふふふ」

曲淵甲斐守が小さく笑った。

「町方役人は結束が固い。いずれ町奉行でなくなる儂など、怖くないと考えておるだろうがな」

早坂甚左から曲淵甲斐守が亨へと顔を移した。

「この書付を奥右筆部屋へ届けて参れ」

曲淵甲斐守が亨へ一通の書状を渡した。

「城中の奥右筆部屋へ」

亨が驚愕した。

江戸城は直臣でなければ、そうそう登れるものではない。事実亨は、一度も大手門をこえた経験はなかった。

「内与力は、町奉行の代理になることができる。城中に入ったならば、その辺にある坊主へこの白扇を渡し、奥右筆部屋まで連れていってもらえ」

帯に差していた白扇を曲淵甲斐守が亨に投げた。

「白扇は城中での金である。ちゃんと吾が家臣であると名乗ってから坊主へな」

「はっ」

念を押された亨が、白扇と書状を預かった。

「奥右筆部屋……」

思わぬ場所に、世慣れた早坂甚左も戸惑いを見せていた。

「なにか不思議でもあるのか」

笑いを含んだ口調で、曲淵甲斐守が早坂甚左に問うた。

「なぜ、奥右筆どのがかかわっておるのでございましょう」

「わからぬか。情けないことよの。奉行をだまくらかすのは得手であろうに」

曲淵甲斐守があきれた。

「奥右筆は補任を司《つかさど》る。ようは旗本、御家人の誰それを何役に任じるかを担当しているわけだ。そして奥右筆が認めた補任をご執政方が否認されることはまずない。ましてや、それが目通りさえできぬ同心風情ならば、書付を見られることもなく承認される」

「な、なにを……」

早坂甚左の顔色が変わった。

「儂は裏切った者を決して許さぬ」

氷のような目を曲淵甲斐守がした。

「伊勢山田奉行の依田《よだ》どのとは、いささかのかかわりがある」

「まさか……」

伊勢山田はその名の通り、伊勢国山田を預かる遠国《おんごく》奉行である。与力六騎、同心七十人を支配し、伊勢神宮の警固、修復、造営の他鳥羽港に出入りする船舶を監視した。

「もちろん、奥右筆にも話は通してある。近々お願いすることもあろうとな」

「手配りずみ」

根回しもすんでいると聞かされた早坂甚左が唖然《あぜん》とした。

「亨、行け。行かぬか」

早坂甚左同様、呆然としていた亨を、曲淵甲斐守が叱咤《しった》した。

「はっ、はい」

怒られた亨があわてて立ちあがった。

「お、お待ちを」

早坂甚左が焦った。

「もう二度とお奉行さまには逆らいませぬ。御命のとおりにいたしまする。なにとぞ、なにとぞ、ご容赦を」

床に額を押しつけて早坂甚左が曲淵甲斐守にすがった。伊勢山田奉行所の同心に異動させられれば、もう二度と江戸の地を踏むことはかなわなくなる。代々江戸で役目を世襲し、余得と贅沢《ぜいたく》を恣《ほしいまま》にした町方同心には耐え難い仕打ちであった。

「なにをしておる」

泣くような早坂甚左に足を止めた亨を、曲淵甲斐守が咎めた。

「……行って参りまする」

亨は内座所から離れた。

四

江戸と大坂の大店《おおだな》には大きな違いがあった。それは台所である。

大坂は実利を重んじるからか、主一家と奉公人のものを一緒に作る。おかずに差を付けるだけで、飯と汁は同じである。こうすることで、無駄に薪を使わず、女中の手も少なくてすむ。

江戸は実ではなく名を取る。主一家と奉公人とは、作る女中も台所も別にするところが多い。

「ふううん」

大坂西町奉行所同心西二之介《にしにのすけ》の娘咲江《さきえ》は、江戸での寄宿先大叔父播磨屋伊右衛門《はりまやいえもん》宅で鼻を鳴らした。

「どうかしたのかい」

その様子に播磨屋伊右衛門が気づいた。

「江戸やなあと思うてん」

　咲江が答えた。

「大坂は違うのかい」

「いろいろと違うわ。これじゃあ、大坂が治まらんのも無理ないし」

　播磨屋伊右衛門の問いに、咲江が首を横に振った。

「旦那さま、朝餉《あさげ》の用意が整いましてございまする」

　上の女中が声を掛けた。

「わかったよ。行こう、咲江」

「うん」

　咲江が首肯した。

「美人さんやな」

　大叔父の後に続きながら、咲江が今の女中のことを考えていた。

　大坂でも同じだが、商家には上の女中と下の女中があった。下の女中は、男の奉公人の炊事、洗濯、縫いものなどをする。店の掃除は男の奉公人の仕事になるため、それはおこなわない。仕事は朝餉から夕餉まである。それ以降は奉公人の注文に応じなくていい。

対して、上の女中は主一家の世話をする。下の女中と違い、掃除もしなければならないし、主から「今日は下がっていい」と言われるまで夜遅くとも待機していなければならない。また、来客の案内、湯茶の饗応《きょうおう》をすることもあり、それなりの容貌も求められた。

その代わり、給金もよく、また嫁入りが決まれば、相応のお祝いが用意された。親元がないときには、娘分として嫁に出してくれるなど格別な扱いを受けることもあった。

「江戸はべっぴんさんばっかりやなあ」

咲江が嘆息した。

「気にしてるのかの」

呟きを聞いた播磨屋伊右衛門が振り向いた。

「あたし背が低いやろ。ええ服着《べべ》ても映えへん」

咲江が左右の袖《そで》を引っ張った。

「なにを言ってるのやら」

居間で二人を待っていた大叔母の糸《いと》があきれた。

「女は小さいほうがかわいいのですよ。ねえ、あなた」

「そうだな」

糸も咲江とほとんど背丈は変わらない。同意を強制された播磨屋伊右衛門が苦笑した。

「まあ、食事にしよう」

武家ならば、男女が一緒に食事をすることはない。商家でも上下の厳しい老舗《しにせ》になると、女は座敷ではなく、台所でというところもある。

播磨屋は、奉公人とは分けていたが、家族で食事をすませていた。

「朝からごちそうや」

咲江が手を叩いた。

「鰺《あじ》の干物に豆腐のおみおつけ、青菜のごまよごし。全部好物や」

「たくさん食べなさい」

「おおきに」

播磨屋伊右衛門の奨めに、咲江が喜んだ。

「……ごちそうさん」

咲江が食事を終えた。

「お粗末さま」

糸が健啖《けんたん》さを見せた咲江を、ほほえましく見た。

「今日はどうするのかの」

咲江の予定を播磨屋伊右衛門が問うた。

「いつもと一緒」

白湯を啜《すす》りながら、咲江が答えた。

「またお奉行さまのところかい」

播磨屋伊右衛門があきれた。

「そのために、大坂から出てきたんやし」

咲江が笑った。

「儂が町奉行さまに口きいてもいいぞ」

「そんなん、後々嫌われるし。男はんは、惚《ほ》れさせてなんぼやんか」

手助けしようかと言った播磨屋伊右衛門を、咲江は断った。

「一人前のことを言うの」

「ほんに」

播磨屋夫婦が顔を見合わせて笑った。

「ほな、出かけてきます」

咲江が腰をあげた。

「西海《せいかい》屋のお人がまだですよ」

糸が注意をした。

咲江は大坂町奉行所同心の娘である。ただ、母が大坂でも指折りの海産物問屋西海屋の血を引いていた。

咲江は西海屋の外孫になった。西海屋が咲江の身を案じて江戸出店の奉公人を一人付けていた。

「あれしたらあかん、これせなあかんとうるさいねん。せっかく江戸に来たんやさかい、ゆっくりとあちこち見て回りたいわ」

咲江が頬を膨らませた。

「でも、まだ江戸になれてないでしょう。迷子になったら困りますよ」

「迷子やなんて、子供やないねんし」

糸に言われて、咲江が拗《す》ねた。

「光《みつ》」

糸が手を叩いた。

「お呼びでございますか」

上の女中の一人が顔を出した。

「今日一日、咲江の案内をしておくれな」

「はい」

糸の指示に光と呼ばれた女中がうなずいた。

「これを預けておきます」

懐から糸が紙入れを出し、光に渡した。

「たしかに」

光が紙入れを受け取った。

「お金ならありますのに」

咲江が帯の間から紙入れを取り出した。

大坂町奉行所同心は、商家と手を組んでいる。いや、大坂の金を握っているのは同心だと言えた。なかでも大坂の物価を決定する諸色方《しょしき》は、大きな力を持つ。安いものを買い、高く売ることで儲けを生み出す商家にしてみれば、諸色方の機嫌を損ねるわけにはいかない。少しでも商売を有利にするよう、商家は諸色方を味方に引き入れる。

諸色方には、毎日のように大坂の商人からの誘いがあり、音物《いんぶつ》が届く。

咲江の父西二之介は、その諸色方筆頭を務めていた。

「そのお金は、お嫁に行ってから遣いなさい。一家の台所を任されたら、旦那さまの収入、あなたの場合は城見さまの御禄で生活をしなければなりませぬ。お武家さまの収入は安定している代わりに、増えませぬ。いつか足りないときが出てきましょう。そのときまで、あなたが実家《さと》から持ってきたお金は取っておきなさい」

笑いながら糸が咲江の紙入れを帯の間に戻した。

「おおきに」

咲江が頭を下げた。

「江戸を見物するならば、最初に見るべきは浅草の観音さまだから」

播磨屋伊右衛門が、言い出した。

「観音さまにお参りした後、大川端でうなぎでも食べてお出《い》で」

「うなぎ……山椒《さんしょう》は苦手なんやけど」

　口をすぼめて咲江が嫌がった。

「最近、山椒ではなく、醬油《しょうゆ》と酒を使った付け焼きが流行《はや》りだしていてね。私も何度かお誘いを受けて食べたけどね。おもしろいものだよ」

　播磨屋伊右衛門が話した。

「うなぎの付け焼き……上方ではまだ見たことないわ。おいしそう」

　咲江が興味を見せた。

「まだ新しいよ。享保《きょうほう》のころかららしい。最初はうなぎを開いて山椒か醬油だけで味付けしたものだったんだよ。うなぎのぶつ切りを焼いたものが、蒲《がま》の穂に似ていることから蒲焼きと呼んでいたので、開いたのを大蒲焼きと称したようだ。まあ、このころは、まだ喰えたものじゃなかった」

　思い出すように播磨屋伊右衛門が頰をゆがめた。

「この人は、新しいもの好きだからね。あんな下卑たものなど止めておきなさいと言ったのに、気にしないから」

糸が苦笑した。

「うなぎは脂がきついですものねえ」

咲江も同意した。

うなぎは大坂で下魚とされていた。道頓堀《どうとんぼり》辺りの屋台で、焼いて売られていたが、脂がきつく、仕事で体力の要る人足などしか食べなかった。

「大蒲焼きは、開いたうなぎを焼いているからね。なかの脂まで抜り落ちて、思っているほどしつこくないよ。どうだ、一度おまえも行かないか」

播磨屋伊右衛門が糸を誘った。

「勘弁してくださいな。うなぎなんぞ、この年寄りが口にしたら、脂でお腹を壊しますよ」

糸が手を振った。

「咲江さんも気を付けなさい。江戸と大坂じゃ水から違うからね。身体《からだ》に合わないと寝付くときもあるから。無理は駄目」

「わかってますえ」

咲江がうなずいた。

「では、行ってきます」

「暗くなる前に帰ってきなさい」

内玄関へ向かう咲江の背中に、播磨屋伊右衛門が声を掛けた。

金龍山浅草寺は聖観音を祀《まつ》り霊験あらたかで知られ、江戸の庶民の崇敬を集めていた。毎日何千という善人男女が参詣に訪れ、大いに賑《にぎ》わった。

人が集まれば、そこに商いは生まれる。まったく人通りのないところに店を出したところで、商いは成り立たない。しかし、大勢が呼ばなくても集まっている浅草寺門前町となれば、どんな商いでも売り上げはあがる。

店が多く出れば、今度はそれを目当ての客が来る。

浅草寺門前町は、まさに歩けば他人の肩と触れ合う状態であった。

「すごい人出やなあ。祭礼日なん」

浅草寺門前町に着いた咲江が目を剝いた。

「毎日、このようなものでございますよ」

光が笑った。

「さすがは天下の城下町や。大坂も人の多さでは、遠く及ばへんわ」

咲江が感心した。

「さて、がんばってお参りをすまさな。お店を見るのは後回し」

「では、こちらから回りましょう。門から参道は、人でまともに歩けませんし、女《おなご》が入りこむと……」

「お尻やお乳を触られる」

口籠《くちご》もった光のごまかしたところを咲江が述べた。

「……はい」

光が認めた。

「そら嫌やな。好いた男はんにやったら、なんぼ触られてもええけどな」

「咲江さま」

思いきった台詞を口にする咲江に、光があきれた。

「体裁気にしいな。光さんもそうやろ。ひょっとして、好いた男はんはいてないのん」

「ご奉公中はそのようなまねは控えねば」

咲江の言葉に光が表情を引き締めた。

「固いなあ。たしかに奉公中の秘め事は御法度《ごはっと》やろうけど、ええ男やなと想うくらいは許されてるやん。この人、ええなっちゅう男はんくらい、いてるやろ」

咲江が笑いながら迫った。

「……………」

「ははん、いてるんや。安心しい。あたしも好いた男はんを追って大坂を捨てたんや。誰にも漏らせへんで」

黙った光に、咲江が胸を叩いた。

「咲江さまも」

「そうやねん。女が惚れた男を見つけるのは、なかなか難しいやろ。せっかく見つけたんやから、逃がすわけにはいかへんやん。次が前よりええ男やという保証なんぞ、どこにもないねんし」

「はい」

光が同意した。

「で、誰なん……」

女の話はいつも恋になる。話しながら咲江と光は参詣を終わらせ、播磨屋伊右衛門の勧めた隅田川沿いのうなぎ屋に入った。

「すごい煙やなあ」

うなぎを焼く煙に、咲江が驚いた。

「窓際をお願いします」

手早く小銭を用意した光が、店の女中に風通しのよいところへ通すように頼んだ。

「これは……どうぞ。こちらへ」

思いの外多い心付けに、喜んで女中が川縁の座敷へと二人を案内した。

「髪の毛に匂《にお》いついてしもうたわ」

咲江が嫌そうな顔をした。

「後で髪結いさんを呼びましょう」

大店ともなると、髪結い床へ出向くことはなく、出入りの髪結いを招いた。

「髪の毛、洗ってもくれるん」

「大丈夫でございまする」

咲江の疑問に、光が答えた。

「ほな、お願いするわ」

咲江が手を合わせた。

うなぎは注文してから捌《さば》く。そこから焼きに入るため、供されるまでかなりの手間がかかった。

「ええ男は奪い合いやしなあ……」

「はい。わたしの他にも……」

女は話をしているだけでときを潰せる。

「お待ちどおさまです」

心付けを渡した女中が、膳を二つ、両手でうまく運んできた。

「大蒲焼きと飯、蜆《しじみ》汁で」

時分どきは忙しい、いくら心付けをくれた客相手でも無駄話をする余裕はない。

さっさと女中が座敷を出ていった。

「いただきましょ」

「はい」

喋《しゃべ》っていてときを忘れていたとはいえ、お腹は正直である。香ばしい醤油の焼ける匂いに、女たちはそそくさと箸《はし》を取った。

座敷とはいっているが、そのじつは長い部屋を屏風《びょうぶ》で仕切っただけである。己たちが語らっているときはわからなかったが、食事に入って静かになると隣の話し声がよく聞こえた。

「昨日の話、聞いたか」

咲江の右隣から屏風ごしに男の声がした。

「吉原大門で、北町奉行所が大捕り物をやったというやつなら、聞いたぜ」

別の男が応じた。

「北町……城見はんのところや」

咲江が敏感に反応した。

「知っていたかあ」

最初の男が落胆した。

「おめえ、見てたのか」

もう一人の男が訊いた。

「おうよ。ちょうど昼遊びを終えて吉原から出るところでよ。人だかりがしているから、喧嘩《けんか》かなにかと覗いたら、なんとあの千両富殺しを北町奉行所が捕まえたって言ってるからよお。思わず足を止めて見ちまった」

　最初の男が告げた。

「そいつは見物だったな」

「おうよ。しかし、しょぼいやつだったぜ。千両富殺しの下手人だ、こうもっと暴れるとか、ふてぶてしく捨てぜりふを吐くとかしてくれるかと期待したんだけどよお、ずっとうつむいてやがってさ、情けねえったらねえ。あんなんじゃ、千両富殺しなんぞするな」

　不満を最初の男がぶちまけた。

「そういうものかもなあ。だが、下手人の顔なんぞ、まず見られねえんだ。おもしろいものを見れたじゃねえか」

「ああ。しかし、みんな、もう知ってるかあ」

　せっかくの話が盛りあがらなかったことを最初の男が落胆した。

「そうだ。こっちはどうだ」

「まだあるのかい」

最初の男の意気込みに、もう一人が驚いた。

「続きがあるんだよ」

「……続き。なんだい、続きって」

もう一人の男の声の調子があがった。

物見高いは江戸の常。知らない話にもう一人の男が食いついた。

「お披露目を終えた下手人を連れて北町の連中が五十間道を進んでいった後を十間（約十八メートル）ほど離れて付いていった形になってよ」

「よろこんで付いていったのまちがいだろう」

もう一人の男が笑った。

「うるさいわ」

最初の男が手を振った。

「わざとじゃねえ。多少は興味もあったけどよ。親方のもとに顔出さなきゃいけないので、急ぎだったんだって」

「わかった、わかった。で、なにがあったんだ」

もう一人の男がうながした。

「編み笠茶屋から抜き身を下げた覆面の侍が二人、北町の一行に襲いかかった」

「本当か」

「嘘言ってどうする。他にも何人かいたんだぜ」

最初の男がまちがいないと保証した。

「で、どうなったんだ」

「なにやらごちゃごちゃやっていたが、町奉行所の役人がしっかりと勝ったわ。白刃をものともしねえ。やっぱり町奉行所の役人は強い」

最初の男が感心した。

「ほおお。千両富の下手人に侍二人かあ」

もう一人の男が感心した。

「それがよ、侍二人はそのまま置いていったんだ」

「襲われておきながら」

告げられたもう一人の男が目を剝いた。

「侍は町奉行所の手が届かねえからな」

「浪人じゃなかったのか」

もう一人の男が驚いた。

「嘘じゃねえぞ。これは偶然聞こえただけで、まちがいないとは言えねえけどよ」

「なんだ」

「北町の同心がさ、そいつらの正体を言い当てていた」

「もったいぶるな」

ゆっくりと言う最初の男に、もう一人の男が急かした。

「……寺社奉行の家臣だとさ」

「本当か」

「ああ」

最初の男がうなずいた。

「たいへんじゃねえか」

もう一人の男が大声を出した。

「声がでかい……」

隣の声が聞こえなくなった。

「……ほんまやろか」

咲江が唖然としていた。

「わかりませんが……」

光も震えていた。

「し、城見はんにお報せせんと」

うなぎを途中にして、咲江が立ちあがった。

第二章　城中暗闘

一

北町奉行の役宅は、町奉行所の敷地のなかにある。そこへの出入りは、町奉行所表門を使うか、少し離れた役宅門を潜るかのどちらかであった。

「すんまへん。西咲江と申しますが、内与力の城見さまにお目通りを」

役宅門を咲江が訪れたのは、うなぎ屋で噂を聞いた翌朝であった。

「西……しばし、お待ちあれ。伺って参るゆえ」

門番をしていた小者がなかへと入っていった。

「まともな格好してきて、よかったわ」

門前払いされなかったことに、咲江がほっとした。今日の咲江は、髪もしっかり島田に結い、華美ではなく、武家娘らしい大人しい小袖を身につけていた。

「いつも大人しくしていはったら……」

「うるさいで。伊兵衛《いへえ》」

今日は置いていかれず、供してきた江戸の西海屋の手代伊兵衛を、咲江が叱った。

「……装いが泣きまっせ」

こたえることなく、伊兵衛が追撃した。

「泣くかいな。あたしが着てこそや」

大坂の女である。

切り返しはお手のものであった。

「お待たせいたした。今、ここへ来られる」

「ありがとうございました」

ていねいに咲江が、門番の小者に礼を言った。

「少し離れて待とう」

門前にたむろしているのは邪魔になる。咲江が三間（約五・四メートル）ほど移動した。

「えらいしおらしいことで」

咲江に付いていきながら伊兵衛が、からかった。

「将来の旦那さまの仕事場やで。ちょっとでもええ顔しとかなな。妻が夫の助けになるならともかく、邪魔したらあかん。偉ぶった奥方なんぞ、夫の顔を潰すだけやん。妻を抑えられない、女一人しつけられへん男に、仕事ができるはずはない。そう思われたら出世にかかわるし」

「夢見すぎでっせ。まだお嬢が、城見はんの奥方になると決まったわけやおまへんし、城見はんがいつまでも内与力してはるとも限りまへんで」

「要らんこといいいな。そんなんやから、あんたは女《おなご》にもてへんねん」

「ほっといておくれやす」

二人が言い合いをしているところへ、亨は近づいた。

「西どの」

「……城見さま」

声を掛けられた咲江が、表情を変えた。花を咲かせたように、にこやかな笑顔になった。

「ほんに、女は化けものや」

「…………」

驚いて愚痴を漏らした伊兵衛へ、咲江が後ろ手で黙れと合図をした。

「今日はどうなされた」

内与力は決まった仕事がない。とはいえ、遊んでいられる身分ではない。亨がすぐに用件を口にしたのは当然であった。

「むっ」

少しだけ咲江が口を尖《とが》らせた。

「朴念仁になにを求めてはりますのやら。女はんの着てるものを褒めるようなお人やおまへん」

聞こえるかどうかの小声で伊兵衛がささやいた。

「……お伝えしたいことがありますねん」

すぐに咲江が気を取り直した。

「昨日、浅草へ参りまして、そのときに入ったお店で、このような噂話を耳にしましてん」

咲江がうなぎ屋でのことを語った。

「……そこまで噂に」

亨は息を呑んだ。

北町奉行所が千両富殺しの下手人を捕縛した。それが噂になるのは、早坂甚左に説明を受けて理解していた。

しかし、襲いきたのが寺社奉行所の者だと、世間に知られているというのは驚愕であった。

「隠したはずではなかったのか」

亨は曲淵甲斐守と早坂甚左のやりとりから、寺社奉行松平伊賀守の家臣が手柄の強奪を企んだ話は闇へ秘されたものと思っていた。

「ご存じでしたん」

亨の独り言に、咲江が反応した。

「いや、噂は知らなかった」

嘘ではなかった。亨の目の前でなされた事実である。ただ、それが噂になっているとは知らなかった。亨はごまかした。

「よかった。半日かけて、他でも聞こえるか確かめましたゆえ、まちがいおへん」

己のやったことが無駄ではなかったと、咲江が胸を押さえてほっとした。

「その話、昨日のいつ、浅草で」

「先ほども言うたと思いますけど、お昼を食べに……」

「昼ではなく、正確な刻限を知りたいのだが」

同じことを繰り返そうとした咲江を亨が制した。

「刻限ですか……たぶん、八つ（午後二時ごろ）にはなってなかったはず」

「そうか。助かった。御免」

別れの挨拶《あいさつ》もそこそこに亨は、町奉行所へと駆けこんでいった。

「お嬢、あっさりと逃げられましたで」

からかうように伊兵衛が咲江へ言った。

「…………」

「お嬢……」

いつもの返しがないと伊兵衛が怪訝な顔で咲江を見た。

「……はあ」

「お嬢」

呆然としている咲江を伊兵衛が揺さぶった。

「ええなあ。惚れた男が、仕事に向かう姿って」

「へっ」

意外な返答に、伊兵衛が絶句した。


亭は大急ぎで、曲淵甲斐守のもとへ向かった。

「殿」

「ここでは奉行と呼べ」

曲淵甲斐守が注意を与えた。

「癖を付けておかぬと、思わぬところで引っかかる。内与力が家臣のなかから選ばれると知っていても、殿と呼ばせるほど奉行所を私物化していると難癖を付けてくる者はおる」

内与力の間は、亭も町奉行所の所属になる。曲淵甲斐守を主君ではなく、上司として見なければならない。

「申しわけございませぬ」

亨は詫びた。

「それで、なにごとだ。朝から」

曲淵甲斐守が亨に話せと命じた。

「さきほど大坂町奉行所の西どのが娘御……」

「ほう、西二之介の娘が江戸に出てきておるのか」

話の出所を最初に語った亨に、曲淵甲斐守が驚いた。

「そういえば、西の妻は西海屋であったな。西海屋には江戸に出店があったはずだ」

かつての配下のことを曲淵甲斐守はよく覚えていた。

「……ふむ。西海屋の江戸店を任せる番頭の嫁にでもなったか」

「…………」

曲淵甲斐守の推測を聞いた亨は、一瞬不快な思いをした。

「まあいい。で、その西の娘がなにを」

先を曲淵甲斐守がうながした。

「西どのの娘御によりまするとと……」

聞いた話を亨が告げた。

「……一昨日の寺社奉行小検使がこと、すでに市中で噂となっているようでございまする」

「なんだと……」

曲淵甲斐守が驚愕した。

「誰か見ていたのか」

「場所が場所でございまする。他人目はたしかにございましたが……」

あのときの状況を亨が思い出した。

「そやつらに聞こえるほど大声で正体を指摘しては、貸しにならぬ。どこから漏れた。北町奉行所の者ではないな。そのようなまねをすれば、寺社奉行への貸しが無意味になる」

隠せてこそ貸しになる。世間が知ってしまえば、脅しの意味はなくなった。

「白刃を持っての争いでございました。巻きこまれては大事と、皆、見ている者はかなり離れておりましたので、我らの話が聞こえたとは考えられませぬ」

寺社奉行所の者であろうと正体を暴いた早坂甚左の声はそれほど大きくなかった。

「ふむう」

亨の返答に、曲淵甲斐守が思案に入った。

「早坂ではない」

「もちろん、わたくしではございませぬ」

目を向けられた亨があわてて否定した。

「そなたを疑ってはおらぬ。他に誰がいた」

「あとは御用聞きと下手人だけでございまする」

亨が答えた。

「西の娘はうなぎ屋でその話を聞いたと申したの」

「はい」

「最近大蒲焼きというのが流行っているとは聞いている。待ち客が出るほどの人気らしい。そこで周囲に聞こえるほどの大声で噂をする……」

「わざとだと」

曲淵甲斐守の言葉に、亨が息を呑んだ。

「御用聞きが……」

「わからぬが、疑うべきだな。北町の躍進をねたむ南町に飼われているのかも知れぬ」

難しい顔を曲淵甲斐守がした。

「しかし、これは余にとって好機だ」

曲淵甲斐守が目を輝かせた。

「ご老中さまのお耳にこの話が届くようにせねばならぬ。余の口からではなく、他の伝手《つて》を使ってだ。手柄を立てた北町の足を寺社が引っ張ったとな」

武士は己の手柄を誇るものである。だが、役人は違った。役人の手柄は、武士にとって表芸とはならなかった。

「槍働きこそ、武士の誉れ」

「獲《と》った首の数が、禄に跳ね返る」

もともと武士は、戦場での華々しい手柄で生きてきた。

「小荷駄を支配させたら、拙者の右に出る者はおらぬ」

「見たか、吾が手腕。隣国との交渉を見事にまとめたぞ」

これらも大事な仕事である。

食べもの、矢玉なしで戦争はできないし、隣国との仲は国の発展に直結する。しかし、武士はこれらを評価しなかった。

「小荷駄など、人足だけでできる仕事じゃ」

「隣国との交渉なら、坊主にさせておけばいい」

戦いこそ武士の価値という乱世が長かったおかげで、こういった裏方の仕事は下に見られる。この風潮が幕府のなかに今も根付いていた。

事実、番方と役方では、同じ役高でも番方が上席になった。

結果、幕府では役人が己の手柄を声高に上司へ報告するのは、卑しいとして眉《まゆ》をひそめるものとなっていた。

「登城の用意を急がせろ」

町奉行は毎朝五つ（午前八時ごろ）すぎには登城する。別段、なにをするわけでもないが、昼過ぎまで詰めていなければならなかった。

「はっ」

亨は、登城行列の支度をするために動いた。

「ご登城の用意整いましてございまする」

駕籠《かご》が町奉行所役宅内玄関式台に置かれたのを確認して、亨は曲淵甲斐守へ復命した。

「小判を二十枚用意いたせ」

「……小判をでございまするか」

亨は驚いた。

旗本、それも家臣を多く抱える千石以上の当主は、まず金を触らなかった。買いものはすべて出入りの商人を屋敷に呼んですませるうえ、当主の外出にはかならず供が付き従う。財布、紙入れの類は、供が預かり、当主に支払いをさせなかった。

これは金を武家は卑しいものと嫌っていたからであった。

武士というのは、死を怖れてはならなかった。戦場で命を惜しんで逃げ出されては、抱えてきた主君はたまったものではない。武士は未練を持たないものなのだ。人としての未練である財を忌避するのもそれによった。

「急がぬか」

初めての命に呆然とした亨を、曲淵甲斐守が叱った。

「は、はい」

内与力は町奉行の私《わたくし》を担当しない。とはいえ、金文庫の在処《ありか》は知っている。急かしている主君を置いて、金の出し入れを担当する用人を呼びに行けるはずはなかった。

亨は金文庫を開け、二十五両の金包みを破って、五枚残した。

「十両ずつ、懐紙に包め」

「はっ」

言われたとおりに亨は、懐紙で十両の包みを二つ作った。

「これを」

「うむ」

うなずいて、曲淵甲斐守が受け取った。

「……出せ」

駕籠に入った曲淵甲斐守が扉を閉めた。

「いってらっしゃいませ」

亨が行列を見送った。

二

登城した曲淵甲斐守は、役人の通用門である納戸御門側で控えているお城坊主を呼んだ。

「頼みたい」

「なんでございましょう」

役人、大名の雑用をこなし、その謝礼で贅沢な生活を送っているお城坊主が、喜々として近づいてきた。

「三山案斎《みやまあんさい》どのであったかの」

一度でも言葉を交わした相手の名前を覚えるのは、役人として上を目指していく者にとって必須の条件であった。

「畏《おそ》れ入りまする。わたくしのようなものの名前を覚えていただいているとは……」

お城坊主が喜んだ。

「ちと、内々の用をお願いしたい」

声をひそめながら、曲淵甲斐守が周囲を見回した。

「では、こちらへ」

三山案斎が、曲淵甲斐守を他人目のない近くの空き座敷へと案内した。

「清斎《せいさい》、誰も近づけてはなりません」

空き座敷の前に座っていた若いお城坊主に、三山案斎が命じた。

「はい」

清斎がうなずいた。

「これで誰にも聞こえませぬ」

座敷の中央で三山案斎が保証した。

「かたじけなし」

お城坊主は目通りできない御家人で、曲淵甲斐守は旗本の頂点と言われる町奉行である。礼を口にはするが、頭を下げることはできなかった。

「まずは、これを」

曲淵甲斐守が懐から一つ目の懐紙包みを出した。

「これは……」

三山案斎が怪訝な顔をした。

金を汚いものとさげすんでいる大名、旗本の巣窟、江戸城である。諸大名や、役人がお城坊主にものを頼んだときに金を払うことはなく、帯に差している白扇を渡すのが決まりであった。

家紋の入れられた白扇は、家柄、石高、役職によってあらかじめ決められた金額として扱われ、後日持ち主であった者の屋敷へ持参すれば、現金と引き替えられた。

「御免を……十両」

受け取った懐紙を開いて、三山案斎が目を剝いた。

「こんな大金を……」

お城坊主になにか頼むときの相場は、町奉行で白扇一本二分から三分であった。お茶を入れてもらったり、誰かのもとへ使者に立ってもらうなどの日常業務は、担当のお城坊主が決まっており、そちらには節季ごとにまとめて謝礼を払う形を取っている。それ以外の臨時のときだけ、白扇は使われた。公用は無料の城中で臨時の私用などさほどあるわけもなく、重要な案件でもない。

そこに現金で破格の十両である。三山案斎が驚くのも当然であった。

「おわかりいただけるな」

「内密の御用でございますな」

なにかを含んだような曲淵甲斐守の言いかたに、三山案斎がすぐに応じた。

老中を頂点とする江戸城のなかで、いろいろな機密を見聞きしつつ、右に左に立ち位置を変えながら、どちらからも睨まれず、代々の家柄を続けてきたお城坊主である。そのあたりの機微には敏《さと》い。

「拙者と松平伊賀守どのの確執については」

「存じておりまする」

城中のどこにでも入りこめるお城坊主ほど、噂に鋭い者はいなかった。

「そのことにかんしてだが……」

曲淵甲斐守が町での噂を告げた。

「……………」

三山案斎の表情が険しくなった。

「いくらなんでもやりすぎであろう」

「そう言われるということは、寺社奉行さまの配下が、町奉行所お役人さまを襲ったのは事実だと」

「いかにも」

確認を求めた三山案斎に曲淵甲斐守が首肯した。

「しかし、それではなぜ……」

「そのときに捕らえて突き出さなかったかであろう」

三山案斎の疑問を曲淵甲斐守が当てた。

「恥ずかしい話だが、配下の同心が寺社奉行所の持つ利得に手出しをしておってな。その見返りとして逃がしおったのだ」

苦い顔で曲淵甲斐守が告げた。

「なるほど」

金の話はお城坊主の得手とするところである。三山案斎が納得した。

「このまま闇に消えたなら、それでもまあ辛抱できたが、表立ってしまってはまずかろう。寺社奉行どのはもとより、拙者にもいい話ではない」

ともに配下の不始末であった。

「そこで、噂が城下で広まっていることをご老中さまのお耳に入れていただきたいのだ」

「わかりましてございまする」

三山案斎がうなずいた。

「で、そのとき、襲いきた寺社奉行所の者が覆面をしていたことを付けくわえて欲しい」

「本当に覆面を……」

「うむ。最後は正体を見抜いたそうだが、最初は面体を隠しており、誰だかわからなかったと内与力が申していた」

まちがいないと曲淵甲斐守が保証した。

「噂は真実が大事でございますゆえ」

三山案斎が首を縦に振った。

「あと、これをお手伝いの皆でわけて欲しい」

もう一つの十両を曲淵甲斐守が出した。

「では、最初のお金は……」

「三山どのへの謝礼でござる」

目を見張った三山案斎に、曲淵甲斐守が述べた。

「これは、これは。ありがたいことでございまする。お任せくださいませ。城中の噂こそ、我らお城坊主の得意技。決して甲斐守さまのお名前も出しませぬ」

三山案斎が引き受けた。


城中の噂というのは馬鹿にできなかった。

北町奉行所が千両富殺しを捕まえたという評判は、一日で江戸城中を席巻《せっけん》した。

こうなると老中でも無視はできなくなる。信賞必罰は政の要であった。

事実確認の手間もあり、南北両町奉行が御用部屋前まで呼び出されたのは、翌日の朝であった。

「見事である」

老中松平周防守康福《すおうのかみやすよし》が曲淵甲斐守を称賛した。

「世情を騒がす盗賊、下手人などは、すみやかにこれを捕縛し、厳重に処罰する。これによって犯罪は引き合わぬと庶民たちに思わせ、大人しく稼業に励ませる。これこそ、泰平の道である」

「畏れ多いお言葉でございまする」

曲淵甲斐守が頭を垂れた。

「しかし、回収できた金は千両の三分の一もないと聞く」

老中は御広敷伊賀者を自在に使える。探索御用として、遠国だけでなく、江戸市中にも伊賀者を放ち、老中は世情を把握していた。

「…………」

曲淵甲斐守が沈黙した。

「甲斐守、下手人の尋問は進んでおるか」

「はい。責め問いにかけるまでもなく、御上のご威光に畏れ、仲間がいたことを白状しておりまする」

問われて曲淵甲斐守が告げた。

「うむ」

満足げにうなずいて松平周防守が続けた。

「なんとしてでも、その仲間を捕まえねばならぬ」

「下手人から訊き出しましたる仲間は、本所割《ほんじょ》り下水の長屋に住まいする栄吉《えいきち》という、借財の取り立てを生業《なりわい》としている小太りの男とわかりましたゆえ、すぐに捕り方を向かわせましたが……」

申しわけなさそうに曲淵甲斐守がうつむいた。

「もぬけの殻であったと……」

「……さようでございまする。千両富を当てた男が殺された翌日に、長屋から消えたと周囲の者の話から判明しておりまする」

確かめた松平周防守に曲淵甲斐守が応じた。

「大隅守《おおすみのかみ》」

松平周防守が、曲淵甲斐守の後に控えている牧野《まきの》大隅守成賢《しげかた》へ目をやった。

「はっ」

牧野大隅守が、両手を突いて傾聴の姿勢を取った。

「月番はそなたであったな」

「はっ」

ふと顔をゆがめながら、牧野大隅守が認めた。

「月番は民の訴えを受け付けるかどうかで、下手人の探索、捕縛にかかわりがないことは知っておる」

月番の町奉行所は大門を開け、町民たちの訴えを受け付ける。月番でない町奉行所は表門を閉じ、訴訟の受付をしない。もっとも、月番であったときに受け付けた訴訟の手続きや、殺し、盗賊、女犯などの犯罪者の探索と追捕は引き続きおこなう。月番でないからといって、休みではなかった。

「とはいえ、月番が主足らねば、世間が納得をいたすまい。余はわかっておるが、執政衆のなかには、月番でありながら下手人を捕らえられなかったことを怠慢だと非難する者もおる」

「それは……」

南町奉行牧野大隅守が表情を変えた。

町奉行は、旗本の極官であった。町奉行以上の地位として、大目付、留守居の二つがあるとはいえ、どちらも実質の権限を失い、飾りに落ちている。三奉行の一つとして、評定所へ参加し、政にも意見が言える町奉行こそ、旗本のあこがれであった。

役高も三千石と高く、長崎奉行ほどではないが、余得も多い。それだけに千石をこえた旗本たちが争うようにして、就任を望む。それこそ奪い合いと言っていい。職務が難しく、慣れるまでときがかかることもあって、一度就任すると在籍は長い。十年は当たり前、十五年をこえることもままある。

旗本たちが狙う魅力ある役職は、そうそう手に入らない。

となれば、どうすればいいか。

在職中の町奉行の足を引っ張るのだ。もちろん、他の町奉行候補たちを蹴落とすのも忘れてはいけないが、やはり、席が空かない限り就任の目はない。

町奉行に就任した者は、なるまでの努力以上にその地位を守るための努力をしなければならなかった。

「もう一人は、南町が望ましい」

松平周防守が口にした。

「…………」

「努力いたしまする」

曲淵甲斐守は黙り、牧野大隅守が受けた。

「甲斐守、北町の得たことがらを隠さず、大隅守へ明かせ」

情報提供をしろと松平周防守が命じた。

「わかりましてございまする」

曲淵甲斐守が首肯した。

「かたじけない」

拒まなかった曲淵甲斐守に牧野大隅守が礼を言った。

「ご老中さま」

「なんじゃ」

呼びかけた曲淵甲斐守に松平周防守が発言を許した。

「では、北町はこの件から手を離しても」

「よい」

これ以上の探索はしなくてよいかとの確認を、松平周防守が認めた。

「もう一つ、寺社奉行どのから出ておりました捕縛願いも」

曲淵甲斐守がもっとも危惧《きぐ》していたことの行方を尋ねた。

町奉行所役人が寺社奉行所の既得権益に手出しをしたことから始まった曲淵甲斐

守と、寺社奉行松平伊賀守の確執は、老中を巻きこんでいた。

「千両富は寺社奉行の管轄。その当たりくじを引いた者が殺されたとあっては、黙って見過ごせませぬ。なにとぞ、寺社奉行所に下手人捕縛の指示をいただきますよう」

最初に喧嘩をふっかけたのはそっちだと、松平伊賀守は町奉行所の職分である捕り物に侵入してこようとした。

「もちろんである。寺社奉行の管轄をこえるまねは許されぬ」

松平周防守が首を縦に振った。

「では、わたくしはこれで」

「うむ。これからも励め」

下がると言った曲淵甲斐守を松平周防守が激励した。

「大隅守」

「はっ」

曲淵甲斐守がいなくなったところで、松平周防守は牧野大隅守を呼んだ。

「新任の甲斐守に負けてくれるな。そなたを町奉行に任じたは、我ら執政衆である。

役立たずを抜擢《ばってき》したなどと非難されたくはないのでな」

「心いたしまする」

松平周防守の叱責に牧野大隅守が目を伏せた。


寺社奉行松平伊賀守は、蒼白になっていた。

松平伊賀守にも馴染みのお城坊主はいる。

城下で寺社奉行の配下が町奉行の同心たちに無体をしかけたとの噂が出ていると、昨日のうちに報せてくれていた。

「いつお呼び出しがあるか……」

奏者番の控え室で松平伊賀守は震えていた。

寺社奉行が奏者番の控え室にいるのは、奏者番と寺社奉行は兼帯するのが慣例であったからだ。今まで、奏者番ではなく寺社奉行となった者は、体制が整う前の幕初を除けば、ただ一人しかいなかった。その一人が、八代将軍吉宗の股肱《ここう》の臣と呼ばれた大岡越前守忠相《おおおかえちぜんのかみただすけ》であった。

旗本役の町奉行から、大名役の寺社奉行へと引きあげられた大岡越前守は、奏者番を兼務するどころか経験さえしていない。

「ここは奏者番の控えでござる。ご貴殿の入室は遠慮願いたい」

将軍の寵愛《ちょうあい》を受けての抜擢は多くの反発を買い、寺社奉行ながら大岡越前守は控え室に入れず、登城中の居場所を失い、廊下を放浪する羽目になった。後、それを知った吉宗が、大岡越前守だけの控え室を与え、事態は収まった。が、これは大岡越前守の控え室を設けただけで、寺社奉行のものではなかったため、大岡越前守の死とともに控え室は没収され、寺社奉行専用の控え室はないという根本は解決されていなかった。

「伊賀守どの、お顔の色が悪いようだが」

奏者番の大名が、松平伊賀守の様子に首をかしげた。

「いや、なんでもござらぬ」

「震えておられるようにも見えますな」

別の奏者番も近づいてきた。

「お気遣いはかたじけないが、ご懸念なく」

松平伊賀守が手を振って、二人の接近を拒んだ。

「……ならばよろしいが」

「無理は禁物でござるぞ」

気にかけたことを拒否された二人が、いささか憮然とした顔で離れていった。

「騙されぬぞ。儂を排して、後釜に座ろうというつもりであろう」

松平伊賀守が呟いた。

奏者番は、譜代大名の初役とされている。正確には詰衆という城中に在し、将軍のお召しに応じて話し相手になる役目がもっとも最初ではあるが、将軍の呼び出しがなくなって久しいため、まさに居るだけであり、無役と同じ扱いを受けている。

奏者番は、将軍へ目通りを願う者の紹介、献上物お披露目を担う。新しい役人の認証、遠国へ出向いていた者の帰府報告にも立ち会う。数が多いため、一日に何度も役目を果たすことはないが、なにもしないですむというものではなかった。

また、奏者番のなかから選ばれて寺社奉行になった者が若年寄、大坂城代、京都所司代を経て、老中へと出世していく。

三十名ほどの奏者番から二人ないし三人しか選ばれない寺社奉行である。町奉行が旗本の夢であるならば、寺社奉行は譜代大名垂涎《すいぜん》の役目であった。

「伊賀守さま、ご老中さまがお呼びでございまする」

疑心暗鬼になって周囲を警戒していた松平伊賀守へ、お城坊主が声を掛けた。

「ご、ご老中さまが……」

松平伊賀守が息を呑んだ。

「はい。ご老中松平周防守さまが来るようにと」

もう一度お城坊主が用件を伝えた。

「た、ただちに」

松平伊賀守があわてて腰をあげた。

三

幕府でもっとも重い役職の老中には寸刻の暇もない。

配下は呼び出されたからといって、即座に面会ができることはない。権威を見せつける意味でも、呼び出しておきながら小半刻（約三十分）は平気で待たせる。

だからといってそう急がなくてもいいが、ゆっくりしていては、不敬だとして咎められた。

「お叱りかの」

「でござろうな。町奉行と争っていたとの噂はまことのようじゃ」

先ほど松平伊賀守を気遣った二人の奏者番が、あたふたと控えを出ていくその背中を見ながら口の端をゆがめた。

奏者番控えはその職務上、黒書院に近い。将軍が大名や役人を謁見する黒書院は、お休息の間からすぐのところにある。御座の間より遠いとはいえ、お休息の間と御用部屋もそれほど離れてはいない。

心を落ち着かせる間もなく松平伊賀守は、御用部屋前に着いた。

「こちらでお待ちを」

案内のお城坊主が御用部屋前の畳廊下、その隅を示した。

「……………」

無言で松平伊賀守が座るのを見てから、お城坊主が御用部屋へと復命に入っていった。

「まもなくお見えになられまする」

一度御用部屋へ入ったお城坊主が、廊下へ出てきて松平伊賀守に告げた。

「…………」

やはり無言で松平伊賀守がうなずいた。

いつもより松平伊賀守は待たされた。

「お怒りじゃ」

老中の態度でその機嫌や意図を見抜けないようでは、役人などやっていけない。

松平伊賀守は半刻（約一時間）近く待たされて、呼吸が激しくなっていった。

「お見えでございまする」

必死で息を整えようとしていた松平伊賀守に、お城坊主が注意を喚起した。

「待たせたかの」

なにもなかったかのような顔で、松平周防守が松平伊賀守の前に立った。

「いいえ」

待っていても待っていないと答えるのが目上への対応である。松平伊賀守が首を左右に振った。

「お互い御用繁多じゃ。無駄話はなしで参るぞ」

「はっ」

立ったままの松平周防守へ、両手を突いて松平伊賀守が了承を表した。

「先日、そなたから上申のあったことだ」

「………」

「聞かなかったこととする」

「はい」

町奉行所との対決をなかったものにすると言った松平周防守に、松平伊賀守が安《あん》堵《ど》した。

「今後、馬鹿をいたすなよ」

「……つっ」

油断しかけた松平伊賀守が、その一言で絶句した。

「手柄を奪い合うなとは言わぬ。それを禁じれば、武士の根本が崩れる」

もともと武士とは戦場で敵を討って手柄を立て、立身してきた。手柄のなかには、首を獲るよりも大きい一番槍、一番乗り、殿《しんがり》勤めなどもある。殿勤めはまず生還できない。本隊を逃がすための時間稼ぎが仕事であり、命を捨てて寸刻でも敵を足止めする。

しかし、一番槍、一番乗りは違った。

誰がもっとも早く敵に槍をつけるか、敵城へ足を踏み入れるか、それが一番槍、一番乗りであり、これは敵との争いではなく、味方との競争であった。少しでも先に行くため、味方の足に槍の石突きを引っかけて転ばせるなども、戦国では珍しいものではなかった。

「しかし、していい限界がある」

じろりと松平周防守が、松平伊賀守を睨んだ。

「…………」

松平伊賀守が口を閉じた。

「抜け駆けならばまだしも、他人の戦場に槍を突き出す。それも敵を討つためではなく、味方を背中から刺そうとするなど論外である」

「け、決してそのようなつもりは……」

盛大に汗を搔《か》きながら、松平伊賀守が言いわけをした。

「寺社奉行には、寺社奉行の領分がある。町奉行の懐へ手を入れる余裕などあるまい。それとも、すでに完璧に御用を果たし、することがないゆえの手出しであったのか。ならば、咎め立てはせぬぞ」

「そ、それは……」

迂闊《うかつ》に松平周防守の話に乗るほど、松平伊賀守は愚かではなかった。

「もちろん、そうだというならば、目付を入れて、そなたの仕事をあらためるがな」

「……うっ」

目付は幕府の監察である。本来、大名である松平伊賀守は大目付の担当であり、目付の管轄にはならないが、幕府役人にかんしては違ってくる。幕府役人の非違は、大名、旗本の区別なく、目付の監査を受けなければならない。

そして目付も役人なのだ。手柄を立てなければ無能と誹《そし》られるうえ、さらなる出世は望めない。当然、入った以上はなにかしらの証を得るまで、出ていかない。どころか、下手をすれば、無理矢理罪を押しつけられる。

目付が入る。これは、その役人の終わりを示していた。

「不要であろう、目付は」

「…………」

無言で何度も松平伊賀守が、首を上下させた。

「下がってよい」

話は終わったと、松平周防守が告げた。

「……はい」

よろめきながら、松平伊賀守が立ちあがった。

「これにて、御免を蒙《こうむ》りまする」

松平伊賀守が一礼した。

「……ああ、伊賀守」

背を向けた松平伊賀守を、松平周防守が止めた。

「なにか」

中途半端な姿勢で老中との応対はできない。松平伊賀守がしっかりと正対した。

「寺社奉行の家中を装って、町奉行所役人を襲った者がおるという。寺社奉行の名前を騙《かた》っておるゆえ、この慮外者のことは、そちらでいたせ。まちがえても町奉行所に捕らえられるようなまねをいたすなよ」

「……は、はい」

松平周防守に知られている。松平伊賀守が震えあがった。

「行け」

犬を追うように、松平周防守が手を振った。


「役所へ出向きまする。以下、よしなに」

奏者番控え室に戻った松平伊賀守は、老中からの呼び出しがなんだったかを聞きたそうに近寄ってくる同僚の奏者番たちに先手を打った。

「ずいぶんとお早いが」

奏者番の一人が、寺社奉行の下城時刻まで、まだかなりあるぞと制した。

「御用を承りましたので」

老中松平周防守の名前を松平伊賀守は利用した。

「御用とあればいたしかたございませぬな」

奏者番たちが退いた。

「お先でござる」

松平伊賀守が奏者番控え室を出た。

奏者番と寺社奉行は兼帯であるが、役目の格は寺社奉行が上になる。奏者番としての役目を果たさずに、下城しても咎め立てはされなかった。

寺社奉行に役宅はない。任じられた大名の上屋敷が役所になった。

「長野《ながの》をこれへ」

屋敷へ帰った松平伊賀守が用人を呼んだ。

「お帰りなさいませ」

屋敷を実質運営している用人は多忙である。予定より早い帰邸を果たした主君を出迎えられなかったのも無理はなかった。

「お早いお戻りでございまするが、なにかございましたか」

長野と呼ばれた用人が尋ねた。

「江坂と伊藤はどうしておる」

それに答えず、松平伊賀守が訊いた。

「傷が癒《い》えておりませぬので、下屋敷で休養させておりまする」

長野が述べた。

「その方ら、席を外せ」

近くに控えていた近習と小姓に、松平伊賀守が出ていけと命じた。

「……殿」

一同がいなくなるのを待って、長野が松平伊賀守の顔を見あげた。

「二人を……討て」

「なぜとお伺いいたしても」

さすがに用人である。主君の非道な命にもあわてず、その理由を問うた。

「老中松平周防守さまから言われたわ。寺社奉行の名前を騙った狼藉者を町奉行に渡すなと」

「……それはっ」

用人の表情が変わった。

「ご老中さまに知られていたわ」

「町奉行所が……」

嘆息する主君に、用人が言った。

「違うだろう。もし、町奉行所が、曲淵甲斐守がご老中さまに申しあげたのなら、あの二人を捕まえずに逃がした意味がない。捕まえてご老中さまに引き渡せば……」

ごくりと松平伊賀守が音を立てて唾を呑んだ。

「吾が身は切腹、藩は改易になっている」

「…………」

用人も蒼白になった。

天下が泰平になって百六十年になる。戦うためにある武士が、その意義を失って長い。戦国のころは、どれだけ多く、有能な武士を抱えているかが勝敗の分け目になった。誰もが争って、家臣を抱え、石高を増やしていった。

しかし、徳川家による天下統一がなされると、戦場はなくなる。当たり前である。天下を子孫に移譲し続けたい徳川にとって、力次第で誰でも天下人になれる乱世は都合が悪いのだ。

徳川に対抗できる大名をなくす。大名から武力を奪う。幕初徳川は、徹底して外様大名を圧迫した。結果、外様大名は覇気を失った。となれば、その外様大名に対抗する譜代大名も力が要らなくなる。

力は数でもある。

戦場がなくなれば、増収の目処も消える。物価はあがるのに収入は増えない。大名自体も苦しくなる。諸大名は代を重ねるにつれ、なにも働かず、禄だけを食《は》む家臣を整理しだした。そして、禄をなくした武士ほど始末に負えない者はなかった。人減らしの世に、無為徒食の武士の居場所はない。一度禄を離れると、まず再仕官できなかった。

人減らしに遭わずとも、仕える大名が潰れても同じである。武士、いや、藩士たちにとって、浪人になるほどの恐怖はなかった。

「では、どこから漏れたのでございましょう。町奉行所としては、あの者たちを見逃すことで、当家に恩を売り、富くじの利権に食いこみたかった……」

長野が首をかしげた。

「ご老中さまは、伊賀者をお使いになる。それで知られたのであろう」

松平伊賀守は予測を述べた。

「そのようなことはどうでもいい。それより二人をどうにかせねばならぬ」

「……いかがいたしましょう」

主君の言葉に用人が訊いた。

「それを考えるのが、そなたの役目じゃ」

松平伊賀守が用人に押しつけた。

「人知れず、屋敷うちで討つ」

「それはならぬ」

長野の提案を、松平伊賀守が拒んだ。

「なぜでございまする」

どうにかしろと丸投げしておきながら拒否された用人が鼻白んだ。

「わからぬか。江戸におる者どもは、江坂と伊藤がなにをしたか、なぜ怪我《けが》を負ったかを知っておる」

「殿の御命を受けたことを……」

「あそこまでしろと言った覚えはないわ」

指示だと言った用人を、松平伊賀守が否定した。

「やりすぎたとはいえ、あの二人の行動は余を思ってのことだと皆考えておろう。それを討ったとあれば、家臣どもが動揺する」

松平伊賀守が危惧を表した。

藩主といえども、絶対者ではなかった。家臣にとって大事なのは、禄を与えてくれる家であり、当主ではない。当主は死んでも家さえあれば、禄は続く。家臣たちの忠誠は主君ではなく、家に捧げられている。

事実、乱行や浪費で藩を危なくした藩主の何人かが、家臣たちによって強制隠居させられている。なかには、隠居させられたあと国元へ押しこめられた大名や、一服盛られた者もいた。

「では、どういたせば」

長野が松平伊賀守に返した。

「国元へ返せ。名目は療養で立つ」

松平伊賀守の領国は、信州上田である。上田の近辺には温泉もあり、傷の療養という理由は妥当なものであった。

「では、国元で」

「すべてを余に言わせるな。国元で藩士が変死すれば、騒動になろうが」

さらに尋ねた長野に、松平伊賀守の機嫌が悪くなった。

「わかりましてございまする。道中で……旅には事故がありますゆえ」

長野がうなずいた。

「最初からわかっていたならば、さっさと申せ」

これくらいのことを先読みできなくて、用人が務まるはずもなかった。

「余の口から言わせようとするな」

松平伊賀守が長野を睨みつけた。

「まちがえていては、大事でございますゆえ」

勝手にやったと責任を押しつけられてはたまらない。長野の答えは、まともなものに聞こえていながら、そのじつ、主君を信じていないと告げていた。

「わかったならば、急げ。曲淵甲斐守が手出しをする前に終わらせろ」

「はっ」

頭を垂れた長野が松平伊賀守の前から下がっていった。

「どいつもこいつも、余の足を引っ張りおって……」

一人になった松平伊賀守が不満を口にした。

「誰ぞ、酒を持て」

松平伊賀守が、大声を出した。

四

藩主の機嫌はすぐに屋敷中に伝わる。

「殿がお怒りである」

「江坂と伊藤が役目を解かれ、国元へ帰されるらしい」

あちらこちらで藩士が集まって話をしていた。

「江坂も伊藤も、微禄ながら小検使に抜擢されるほど優秀であったろう」

藩士の一人が首をかしげた。

寺社奉行には町奉行のような、役所付きの配下はいなかった。どころか役所さえなかった。寺社奉行になったものは、その上屋敷を役所として使用し、家臣のなかから優秀な者を選んで役目を任せた。

そもそも寺社奉行は、町奉行、勘定奉行とは格が違った。幕府三奉行とひとまとめにされているが、町奉行、勘定奉行が旗本であるのに、寺社奉行は大名から選抜された。

また、町奉行、勘定奉行が老中から任命を受けるのに対し、寺社奉行は直接将軍から命じられた。

「言い談じ、念入りに務めよ」

寺社奉行に補されるとき、かならず将軍からこう声を掛けられた。

言い談じとは、かかわりのあるなしを気にせずいろいろな職の者と話し合えという意味であり、念入りに務めよを加えて、連絡を密にして、ぬかりなく役目を果たせという言葉である。

将軍から直接役目を命じられる。これは名誉であった。と同時に、失策は許されなかった。町奉行がその仕事に堪えられない人物であったとしても、その任免責任は老中であり、将軍にはいっさい傷がつかない。

しかし、寺社奉行は違った。

「この者に、寺社奉行をさせよ」

もちろん、将軍が直接、選任することはない。将軍が政から離されて久しい。江戸城の奥で、特定の家臣たちに囲まれて毎日を送っている将軍である。大名の名前も顔も知らないのだ。そんな将軍が、こやつに何役をなどと指示するはずはない。

「何々に寺社奉行をさせたいと愚考つかまつりまする」

「よきにはからえ」

老中の推薦に将軍はうなずくだけである。

とはいえ、失敗は将軍のもとへ報告が行く。そうなれば、譜代大名としては終わりであった。

なにせ、推薦した老中にまで波及するのだ。

お役御免ですめば幸福、よくて転封《てんぽう》、悪ければ減石のうえ、僻地《へきち》へ移封になる。

出世を求めるというのは、同時に危険も覚悟しなければならなかった。

そして、その影響は家臣たちを直撃した。

懲罰での転封となれば、石高は同じでも実高は大きく違う。十万石でも駿河《するが》なら実高二十万石、奥州ならば実高三万石というほどの差がある。譜代名誉の地から、僻地への移封は、収入半減と同義になる。当然、収入が減ったぶん、家臣たちの禄も減る。どころか、放逐される者も出てくる。

生活の糧を失うかも知れないのだ。

家臣たちの顔色が変わったのも無理はなかった。

「なにがあった」

誰もが思案に入った。

小検使は、藩の徒目付《かち》、徒頭のなかから選ばれた。どちらの役目も世襲ではなく、微禄の家臣から抜擢される。

「江坂も、伊藤も徒目付であった」

とくに徒目付は家中の取締を任とするだけに、武芸の腕が立つのはもちろん、機転がきかなければならなかった。

「その二人が傷を負ったうえ、役目を解かれて国元へ帰される。それほどの失態があったというか」

「殿のご機嫌が斜めになるほどのこと……」

藩士たちが顔を見合わせた。

「おっ、御用人どのじゃ」

そこへ、江坂、伊藤を国元へ帰す手配をしに下屋敷へ行っていた用人長野が戻ってきた。

「長野どの」

たちまち藩士たちが、用人を取り囲んだ。

「なんじゃ、騒がしい」

長野が顔をゆがめた。

「江坂と伊藤は、なにをいたしたのでござる」

「怪我の原因はなんでございましょう」

口々に藩士たちが質問した。

「知らぬ。儂はなにも知らぬ。儂はただ殿の御命を江坂と伊藤に伝えに行っただけじゃ」

長野が否定した。

「その言いわけが通じるとでも思っているのか」

「……典膳《てんぜん》さま」

家臣の輪を割って出てきた初老の藩士に、長野が息を呑んだ。

「ご家老さまじゃ」

「ご一門さまぞ」

長野を糾弾するように囲んでいた家臣たちが初老の藩士に敬意を表した。

「一同、この有様はあまりじゃ。騒がしくするでない」

典膳と呼ばれた初老の藩士が一同を見た。

「はっ」

「申しわけございませぬ」

すぐに家臣たちが輪を解散した。だが、話の聞こえるところで、足を止めた。

「…………」

皆、一言も逃すまいと、聞き耳を立てている。

「長野……」

それを承知のうえで、典膳が話を始めた。

「典膳さま。お待ちくださいませ。ご一門で江戸家老をお務めのあなたさまに、隠し立てすることはいたしませぬが、他の者たちには……」

他人払いをしてくれと長野が求めた。

「この状況で、出ていけと」

典膳があきれた。

「皆の態度を、見せつけられたであろう」

たった今、囲まれて糾弾されかかっていたのは、誰だと典膳が告げた。

「ですが、これはお家の大事でございますれば」

長野が粘った。

「お家の大事。それこそ、家中で共有すべきではないのか」

「そうじゃ」

「我らを除《の》け者になさるおつもりか」

典膳が周囲の家臣を見、家臣たちがその意図を汲《く》んだ。

「うっ……」

長野が家臣たちの目つきにひるんだ。

「殿のお言葉ぞ」

一瞬で立ち直って、長野が主君の権威を出した。

「後で、儂が詫びる」

「それは……」

典膳の発言に、長野が詰まった。

「これでも殿の叔父である。なにより江戸家老じゃ。藩の動静には責がある」

強く典膳が宣した。

典膳は松平伊賀守の父の末弟にあたる。遅くに生まれたというのもあり、父から、他家へ出さず、家臣の家へ養子に出してまで手元に置くほどかわいがられた。

「なにより、当家の者のなかに、お家を危うくするような者はおらぬ。ここで明かされたことは、決して外へ漏れぬ。であろう」

典膳が一同に確認した。

「もちろんでござる」

「このように」

一同が金打《きんちょう》をおこなった。

御殿で刀を抜くことはできない。通常の金打は、一寸（約三センチメートル）ほど刀を抜き音を立ててしまう。ただし、それができないときは、笄《こうがい》あるいは小柄《こづか》を刀から外し、それで鍔《つば》を叩き音を出すことで代用した。

金打は武士が命をかけて誓いを立てるときにおこなわれるもので、主君といえどもこれを破らせることはできなかった。

金打を破れば、残るのは切腹か、武士から弾かれて恥にまみれて生きるかしかなくなる。

「……………」

長野が黙った。

「殿への復命をせねばならぬのであろう」

「さ、さようでござった。御用中でござれば、御免を」

典膳の誘いに、長野が喜んだ。

「誰が、行っていいと申した」

その長野を典膳が止めた。

「復命をせよと……」

「さっさと話さねば、復命に行けぬぞと言ったのだ。見ろ」

典膳が、長野の背後を顎で示した。

「なにが……おいっ」

首だけで振り向いた長野が、息を呑んだ。

松平伊賀守のいる表御殿奥へ向かう廊下を、藩士たちが封鎖していた。

「そのようなまねをするな。お咎めを受けるぞ」

長野が藩士たちを叱った。

「儂が命じる。奥御殿へうろんな者が入ろうとしているらしい。儂の許しなく、何人も奥へ通してはならぬ」

典膳が、長野の叱責を消し去った。

「はっ」

「命に替えましても」

封鎖している藩士たちが、強い返事をした。

「典膳さま、なにをなさっているか、おわかりでございましょうや。このこと殿にご報告させていただきますぞ」

長野が厳しい表情をした。

「のう、長野。先ほど、佐野屋が参っての」

咎めようとしている長野に、典膳は普段の調子で話しかけた。

「佐野屋など、どうでもよろしゅうござる」

馬鹿にされたと感じたのか、長野が憤った。

「いつもの金の話の後な、佐野屋が町の噂を教えてくれた」

不意に典膳が声を重いものにした。

「町の噂……まさか」

長野の気迫が弱くなった。

「驚いたぞ。江坂と伊藤が町奉行……」

「典膳さま」

話し始めた典膳を大声で長野が制した。

「その話をなさっては……」

「儂がここで口を閉じても、すぐに聞こえるぞ。佐野屋が知っているのだ。もう、江戸市中のあちこちでささやかれておろう。今、外回りに出ている藩士は何人おる。その者たちが、噂を藩邸へ持ち帰ってくるのをどうやって防ぐ。抑えれば、より疑心暗鬼を招くぞ。真相を知ろうとして、藩士が動くのはよりまずい結果を生む。もし、町人がこの噂をしているところに居合わせた者が、その口を封じようとして馬鹿をしたらどうする」

口を封じようとした長野に、それは悪手だと典膳が断じた。

「…………」

　正論に長野が黙った。

「知られてはまずいことほど、早めに披露する。それが、人心を乱さず抑える唯一の手段である。そなたはいずれ、儂の跡を襲って江戸を預かるのだ。抑えつけるだけでは、藩政はなりたたぬぞ」

　典膳が教え諭した。

「殿の……」

　長野がまだ抵抗しようとした。

「わかっておる。そなたの責をこえることもな」

　典膳が長野の立場を認めた。

「一同よ。ここは儂に預けてくれるか。かならず、ことを話すことを誓う」

「お任せいたしまする」

「ご家老のお考えに従いまする。よいな、皆」

「おう」

　集まっていた藩士が、ためらうことなく賛同した。

「すまぬな」

典膳が軽くだが頭を下げた。

「ご家老さま……」

「なんと……」

藩士たちだけでなく、長野まで驚いた。

「殿の前に参るぞ」

典膳が長野をうながした。

「……まったく、他の者を納得させず、押し切ろうなど……」

奥へと歩きながら典膳が長野を叱った。

「家老、用人といえども、役目が違うだけで同じ藩士なのだ。他の者から嫌われて、なにができるものか」

「はい」

目の前で人心掌握を見せつけられたのだ、長野はうなずくしかなかった。

「隠したいことほど漏れるというのも、真実である。心しておけ」

「覚えておきまする」

長野はうつむいた。

「保って三日だ」

典膳が口にした。

「今の儂の話で三日は我慢しよう。だが、それをこえたら、今度は止められぬ。そうなったら、儂もそなた同様、藩士たちから敵扱いじゃ。いや、もっと悪いな。裏切り者だ」

「そのような……」

あわてて長野が否定しようとした。

「そういうものよ。人というのはな。一気に近づいてくる代わりに、引くのも早い。執政を目指すならば覚悟しておけ」

「ご忠告感謝いたしまする」

長野が素直に頭を垂れた。

「江坂と伊藤は、国元へ着かぬのだな」

「……それをっ」

典膳の指摘に、長野が目を剝いた。

「噂の内容と、殿のご様子、そして傷も癒えないというに急な帰国。傷を治す意味がなくなった」

「……………」

長野が啞然とした。

「ではなぜ……」

藩士を謀殺するとわかっていたならば、あそこで騒動を起こしてことを目立たせてはまずい。なにもなかったように抑えるべきだと長野が非難した。

「いずればれる」

典膳が断言した。

「今、江戸屋敷にいる者も国元へ帰るときはある。そのとき江坂と伊藤を訪ねぬとどうして言える。まさか、江坂と伊藤を訪ねるなと禁じるつもりか」

「そんなことをしては、より目立ちまする」

とんでもないことだと長野が首を横に振った。

「ならば、いつか漏れる。そのとき、家中がどうなるか、それを考えろ」

「……黙りましょう」

長野は正しい答えを出した。

「ああ。その場ではな。藩のつごうに悪かったことで死ななければならなかったとわかっているから、それを広言しないだろう。だが、殿の命に従っていながら、失敗したからと殺された。その事実はしっかりと藩を蝕《むしば》むぞ」

「殿の命にも従わぬようになると……」

「従わねば咎めを受ける。当たり前だ。命を受けるために禄を代々与えているのだ。拒むことはできぬ。では、どうするのか」

「…………」

長野が真剣な表情で聞いていた。

「受けておきながらなにもせぬのだ。いや、やっている振りだけをし、成果を出さぬ」

「それでは、叱られましょう」

長野がわからないといった顔をした。

「役に立たない者をいつまでも使うか」

「なるほど。役立たずの烙印《らくいん》をわざと押させて、罷免される」

言われた長野が理解した。

「そうすれば、命を落とすことはない。だが、藩士が皆こうしてみろ。藩などなりたたぬぞ」

誰もまともに働かない。政をしない家老、外交を捨てる留守居役、盗賊を見逃す町奉行。そんな大名が無事でいるはずはなかった。

「ゆえになぜそうしなければならなかったかをしっかりと知らさねばならぬ。江坂と伊藤がいては困ると、皆が思えばすむことだ」

冷徹な言葉を典膳が吐いた。

「これも執政の仕事だ。覚えておけ」

「はい」

長野が首肯した。

「最初に話を戻すが、儂は殿のなさりようを否定しているわけではないぞ。実際に馬鹿をしでかした者がいなければ、いくらでも言い逃れはできるからな」

藩というのは一つの国である。いかに目付といえども、確実な証拠もなしに手を出すことはできなかった。もし、調べてなにも出なければ、目付の首が飛ぶ。

　そして今回の一件で、最大、唯一の証拠が江坂と伊藤である。この二人が世のなかから消えれば、目付もそれ以上の調べはできなかった。

「……町奉行所は」

「町奉行所の役人どもは、己が見逃したのだ。今さら、あれは寺社奉行所のとは言い出せぬ。言い出せば、それこそ逃がしたことを咎められるからな」

　長野の疑問に典膳が答えた。

「さて、殿におわかりいただかねばならぬ」

　御座の間へと典膳が足を踏み入れた。

「お楽しみのところ、失礼をいたしまする」

「…………」

「典膳に長野か。どうした、そろってとは珍しい」

　すでに松平伊賀守は酔っていた。

「少しお話をさせていただきたく」

「……よかろう」

　典膳の願いを松平伊賀守が認めた。

「江坂と伊藤のことでございまするが……」

「ならぬぞ。今さら止めるな」

典膳に最後まで言わせず、松平伊賀守が遮った。

「ご安心を。二人の死は当然でございますれば」

密殺を了承すると典膳が述べた。

「では、なんだ」

盃をあおって、松平伊賀守が尋ねた。

「お役目での失敗で殺される。家臣一同、次は己に白羽の矢が立つのではないかと、震えておりまする。このままでは押しこめるしかないという意見も出ておりまする」

「押しこめるだと……」

さっと松平伊賀守の酔いが醒めた。

「さすがに穏便ではないと、皆を抑えましたが、このままではいつまで保つか」

「どうせいと申すのだ」

一門家老の言葉は、当主でも無にはできなかった。

「仇討ちをお許しいただきたい」

「……仇討ちだと。甲斐守をか」

松平伊賀守が驚いた。

「まさか。町奉行を寺社奉行の家中が狙う。それこそお家断絶でございましょう。そうなるくらいならば、殿を座敷牢に」

「押しこめの話から離れろ」

嫌な顔で松平伊賀守が典膳に命じた。

「ご無礼をいたしましてございまする」

甥の醜態に満足した典膳が頭を下げた。

「では誰をだ」

「町奉行所の内与力でございまする。江坂と伊藤を死なせるもとになった者」

問われた典膳が答えた。

「勝手にやればよいであろう。余を巻きこむな」

松平伊賀守が知らなかったことにすると言い出した。

「それをなさらぬようにとお願いをしに参ったのでございまする」

「…………」

典膳の声は厳しく、松平伊賀守が黙った。

「家臣も人。主君も人。同じ家を支える者同士」

「同じではない。余は主である」

松平伊賀守が反発した。

「主とはなんでございましょう」

「始祖の血を引く正統な後継者だ」

「ならば、わたくしもそうでございますな」

答えた松平伊賀守に、典膳が言い放った。

「今でこそ、主君と家老でございますが、殿は二代、わたくしが一代遡《さかのぼ》るだけで同じ人物になりましょう」

「きさま……余を廃するつもりか」

松平伊賀守が、典膳を睨みつけた。

「長野、こやつを捕らえよ」

「…………」

主君の命を長野は無視した。

「きさま、なぜ従わぬ」

松平伊賀守が激した。

「江坂と伊藤の二の舞は御免だからでございまする。江戸家老を捕らえるには幕府のお許しが要りまする」

幕府は諸藩の治世を見守るという理由で、家老職の動向を報告させていた。家老を罷免、異動、あるいは罰した場合には届け出なければならなかった。もちろん、正当な理由なしにすれば、当主に咎めが行く。

「わたくしを殺させた後、長野に責任を押しつけ、詰め腹を切らせる」

「なっ、なにを。そのようなことはせぬ……あっ」

典膳に言われて、松平伊賀守が気づいた。

「江坂と伊藤と同じでございますなあ」

小さく典膳が笑った。

「家臣も死にたくはございませぬ。とくに罪を押し被せて家ごと消されるのは勘弁いただきたい。江坂と伊藤の名誉回復をお願いいたしまする」

「二人の死に意味を持たせろと申すのだな」

頭を下げた典膳に、松平伊賀守が確認した。

「ご賢察でございまする」

典膳がうなずいた。

「……ならば、江坂と伊藤の縁者は咎めぬ。そう一族に伝えよ」

松平伊賀守が手にしていた盃に、溢《あふ》れるほど酒を注いだ。

第三章　内の奸

一

北町奉行所年番《ねんばん》方与力左中居作吾《さなかいさくご》は、難しい顔で吟味方筆頭与力竹林一栄《たりばやしかずえ》のもとを訪れていた。

「夜分に申しわけございらぬ」

「いや、奉行所でできる話ではないからの」

すでに夜の帳《とばり》は降りている。町方としていつなんどき捕り物に出かけるかわからないとはいえ、日が落ちてから私宅の門を叩くのは礼を失している。

それを詫びた左中居作吾に竹林一栄が手を振った。

「本日、早坂甚左の転任手続きを終えましてござる」

町奉行所の内政を取り仕切る年番方は、町方の給与や役目の異動、相続なども担当する。

「なんともできなかった……か」

「申しわけございませぬが、すでに奥右筆部屋へ書付が出てしまっていては、どうしようも……」

「おぬしを責めているわけではない」

うつむいた左中居作吾を竹林一栄が宥《なだ》めた。

「早坂甚左も手抜かりじゃ。寺社奉行に恩を売ったまではよかったが」

「己が売られては意味がござらぬ」

竹林一栄と左中居作吾が顔を見合わせた。

「早坂は金に細かすぎた」

「手下には相応のものを出してやらねば。人は心意気だけで生きていけませぬでなあ」

二人が嘆息した。

「噂を売った手下には、いずれ痛い目を見せねばならぬ」

「…………」

竹林一栄の宣言に左中居作吾が無言で同意を示した。

「それよりも、我らは奉行を甘く見すぎていた」

「まことに」

竹林一栄の言葉を左中居作吾も認めた。

「早坂甚左には気の毒だが、我らの目を覚まさせてくれた。これは功績である」

「いかにも。少しではございましたが、年番方より堪忍金を出しておきましょう」

北町奉行所を牛耳る二人の老練な与力が厳しい顔つきになった。

「今の奉行は……」

「……敵でござる」

二人が顔を見合わせた。

「今まで何人もの奉行を見てきた」

竹林一栄は見習いの期間を入れて、四人の奉行を知っていた。

「皆、我らの言うとおりにしていた。当たり前じゃ。市中でものを買ったことさえないお旗本さまに、町方がわかるはずもない」

「我らの助けなしには、お役目を果たせぬのが奉行でござった」

左中居作吾も同意した。

「どの奉行も、我らに媚《こ》びた。町奉行は旗本の顕官。無事に終えれば、さらなる出世が待っている。己はそこで終わっても、跡継ぎは町奉行を務めた能吏の息子として、かなりよいところから役目を始められる」

これは事実であった。町奉行に限らないが役人として親の上がり役次第で、息子の初役が変わった。

なにせ石高が違っている。

八代将軍吉宗が、幕府の財政を圧迫するとして、役高に合わせた加増はなくなった。ようは、三千石の町奉行に五百石の旗本が任じられたら、役高に等しくするため二千五百石を無条件で加増していた慣例をなくしたのである。

とはいえ、役高は適当に決めているものではない。これくらいの禄を持った者でなければ、人手や経済的な問題から難しいだろうという目安なのだ。

有能だから、石高は少ないけれど町奉行をしろというのは酷である。吉宗は役高合わせを止めた代わりに足し高をした。

足し高とは、禄が足りない役目に就いている間だけ、不足分を幕府から支給するというものである。当然、役目を退けば足されていた分は取りあげられる。

こうすることで、加増をしていたときよりも少ない経費で、有能な者をふさわしいだけの役目にできた。

たしかに名案であった。足し高を決めたころは、吉宗が予想していたように幕府の負担は減り、誰もが拍手した。

しかし、それも吉宗が生きている間だけであった。役目を退けば、前の禄に戻される。これが世間に浸透して、思わぬ悪影響が出た。

「もとは何石ではないか」

「とてものこのお役が務まるとは思えぬわ」

「お役を終えたら、小者同然」

高禄旗本から足し高の旗本が下に見られる風潮が蔓延《まんえん》してしまった。

「儂など一石もお足しいただかずに、お役目を果たしておる」

さらに足し高で活躍する役人たちを、もとからの役高で務める役人たちが非難した。

「足し高はなくなるもの。それでは軍役に定められた家臣を抱えぬ。もし、今、戦が始まったら、足し高をいただいておる者たちは家臣不足のまま陣に加わると」

こういった不満も出た。

これは文句のつけようのない主張であった。

武士は石高に応じた家臣を抱え、いざというときに備えていなければならない。しかし、足し高は永遠の加増ではなく、その役目にある間だけのものでしかないため、どの旗本も後々の負担になりかねない家臣の新規召し抱えをおこなっていなかった。

「なれど、吉宗さまのお定めになられたことだ」

幕府にとって初代神君家康に次いで、吉宗は崇敬の対象である。破綻しかかった幕府財政を足し高や上米などの思いきった手段で回復させた手腕が評価され、中興の祖とまで言われている。その吉宗が定めた足し高をなくすわけにはいかなかった。

そこで幕府は、得意の慣例を作った。

慣例は明文化された法令ではない。長年の慣習でこうするといったもので、かなりあいまいなものである。なにより、それをおこなって失敗したときでも、責任を取らなくていい。

「慣例に従っただけでございまする」

こう言われては罰せられない。慣例は代々続いてきたもので、それを否定するとなると、過去に遡ってすべてを戻さなければならなくなる。そんなことができるはずもないし、慣例を作った者など、どこの誰かさえわからないのだ。

幕府は、慣例という手段を使って、足し高の穴を突いた。

「長年、その役目にある者は、ふさわしいだけの功績をあげたとして、役高まで加増させてもよい」

なに一つとして断定していないのが慣例である。加増しなければならないとも、何年という経験年数も規定していない。が、これを慣例として、長年その役にあれば、足し高が本禄に組み入れられるようになった。

この結果、五百石の旗本が目付を経験して千石、町奉行をやって三千石となった。となれば、跡継ぎは千石、三千石の旗本として、いきなり扱われる。

親が初役小納戸だったのが、息子はいきなり小姓組からになる。小納戸は将軍の身の回りの世話をするもので、出世の糸口ではあるが身分は低い。対して、小姓は将軍最後の盾と言われるほど信頼の厚い役目で、出世も早い。小姓組から、遠国奉行を経て勘定奉行、町奉行へと出世していく者は多い。

親が五十年からかけて、なんとかのぼり詰めた町奉行に、息子は二十年少しで届くのだ。どころか、その上、大目付、留守居といった五千石の役目、お側御用取次《そばごようとりつぎ》や側用人といった大名役まで行ける。

息子、あるいは孫が大名になるかも知れない。

親はそれを夢見て、役目を果たそうとする。いや、役目を果たすというより、なんとかして、慣例が適応されるまでその役目にしがみつこうとする。

となれば、手柄を立てるより、波風を立てないようにするのが普通である。

左中居作吾や竹林一栄が仕えてきた町奉行は、皆そうであった。

「どういたすべきか」

「そうよなあ」

左中居作吾の問いに、竹林一栄が腕を組んだ。

「敵対して、さっさと罷免させるの一手ではないと」

即答しなかった竹林一栄に、左中居作吾が問うた。

「まずい前例を作ってしまった」

　竹林一栄が苦い顔をした。

「このたびの早坂甚左の左遷は、町奉行が町方役人を飛ばせるという、あったには違いないが、誰も使わず錆《さ》びついていた刀を抜いたに等しい。そして、刀を抜けると知った者は、また使う」

「…………」

　竹林一栄の危惧に、左中居作吾が沈黙で同意を示した。

「我らが仕事をせず、江戸の城下を不穏にすれば、町奉行の首を飛ばせる。半年もすれば、新しい町奉行が来るだろう。それも、我らの力が前町奉行を排除したとわかっている者がな」

「我らの勝利でございますな」

　左中居作吾がうなずいた。

「だが、半年はかかる。明日、奉行をどうこうすることはできぬ」

「できぬわけではございませんが……」

「口にするな」

窺うように顔を見た左中居作吾を、竹林一栄が叱りつけた。

「目こぼししている連中を使って、町奉行を亡き者にするのはたやすい」

竹林一栄が続けた。

「なれど、それをさせれば、そやつらを我らは抑えられなくなる。我らの弱みを握られるのだ。そいつが江戸でなにをしようとも、町方は手出しできない。そうなれば、町方は終わるぞ。仕事をしない、できない町方に、誰が金をくれる。出入りしてくれている商家、大名をすべて失う羽目になる」

出入りとは、なにかあったときに便宜《べんぎ》をはかって欲しいとの意味をこめた金を町方にくれている商人や大名のことである。与力で二百石、同心にいたっては三十俵二人扶持という薄禄ながら、町方役人が贅沢な毎日を送れるのは、この出入り金のおかげであった。

金を払うだけの価値がないとわかれば、商人が町方役人とつきあう意味はなくなる。出入り金がなくなれば、与力は二百石内外、同心は三十俵二人扶持で一年を過ごさなければならなくなった。

「我らはまだよい。町方与力は二百石とはいえ、お目見えをせずにすむ」

旗本で目見えができるかどうかは主として家格によった。千俵をこえていても目見えできない家や、五十俵に満たないがお目見え格を有している者もいるためかならずではないが、おおむね二百石をこえると将軍への目通りがかなった。

「目見えができぬおかげで、見栄を張らずともすむ」

竹林一栄が告げた。

目見え以下になると、城中の役目に就かない限り登城しなくてすむ。町方与力も役目ではあるが、不浄職とされているため登城を許されていない。これは武家として不名誉なことであったが、実質を考えれば登城の衣装を整えなくてもよく、身形に金を使わなくてもいい。

「同心はきついぞ」

「まさに……」

ため息を吐くような竹林一栄に、左中居作吾が首肯した。

同心は三十俵二人扶持を基本とする。筆頭同心に出世すると二人扶持が五人扶持に増えたりするが、本禄は変わらなかった。また、どれほど手柄をあげても同心から与力への出世はない。過去、遠国の町奉行所で同心から与力への出世があったとされているが、これも跡継ぎのなかった与力の家へ養子に入った形を取っており、身分上がりと言えるものではなかった。

「同心の禄は金にして一年十二両だ。つまり一カ月に一両。これでやっていけるわけはない」

庶民でさえ、一カ月一両はいるのだ。一応とはいえ、武士が庶民と同じような生活をするわけにはいかない。庶民ならば、下男や女中は雇わずにすむが、同心とはいえ出勤には小者が要る。その給金だけで年に二両はかかる。もちろん、衣食住のすべての面倒も見るのが最低の条件になる。そのうえで、子供に同心になるに必須の武芸を習わせる費用も出さなければならない。

「配下の御用聞きへの小遣いも出せぬぞ」

竹林一栄が苦い顔をした。

もともと御用聞きは、一種の名誉であった。同心が見回る区域に一人から数人置かれるとはいえ、公式な身分ではなかった。同心の私的な使用人といった形になるが、御上を象徴する十手を預かり、それなりの権威を持てる。

なかには博徒《ばくと》と御用聞きと二足のわらじを履くろくでもない奴もいるが、そのほとんどは地元で名の知れた世話役である。当然、正業を別に持ち、同心からもらう手当などは当てにしていないが、一カ月に二分かそこらは渡さなければいけなかった。

「金の問題ではないな。町奉行所が江戸の治安を支配できなくなったら、最初に御用聞きが離れていこう。御用聞きは町方同心の配下ではなく、町内の代表者のようなものだ。同心の指示より、町内の安全を優先する」

正業を持っているとはいえ、御用聞きは金がかかる。まず、最初に自分の配下となる下引きの生活の面倒を見なければならない。下引きのなかにも、妻を働かせているとか、店を持っているとかで自活できる者もいるが、その多くは長屋住まいの独り者である。衣食住を下引きとしての給与で賄っている者がほとんどである。その費用は親分の負担であった。他にも、町内でなにかあったとき、ありそうなときに報せてくれる連中への報酬も要る。こういった連中は、金をくれるところにしか話を持っていかない。話を持ってきたとき以外でも、酒手くらいはやらないと情報をもらえなくなる。

これらを合わせると、年間かなりの金額になった。それを御用聞き一人で負担するのはまず無理であった。

「御用聞きは、町内から出る金で動いている。同心に従っているのは、御上の権威を借りたいがため。その権威が落ちたら……」

「同心に気を使わなくなりまする」

最後を左中居作吾が引き取った。

「金も配下も失った同心六人でどうやって江戸を護る」

町奉行の職務は犯罪対処だけでなく、防災、弱者救済、物価監視、町触れなど多岐にわたる。各奉行所に百二十人いる同心のなかで、直接犯人捕縛、犯罪防止に携わるのは定町廻り六人であり、そこに臨時廻りを加えても八人しかいなかった。

「闇を使うわけには参りませぬな」

左中居作吾が頬をゆがめた。

「だが、このままというわけにはいかぬ」

竹林一栄が険しい声を出した。

「町奉行に舐《な》められたままでは、今後に差し支える。甲斐守のことが前例になれば、次代以降の町奉行も、我らを軽視しよう」

「いかにも」

「子や孫のためにも、町奉行所は我らのものであると示さねばならぬ」

「さようでございまする」

二人の与力が強くうなずいた。

「どうなさる。仕事の手を抜くか。それならば、南町にも声を掛けましょう。両町が協力すれば、あっという間に江戸は混乱いたしまする。我らを抑えつけるつもりの甲斐守は辛抱できても、南町奉行の牧野大隅守はたまりますまい。なにせ巻きこまれでございますからな。すぐに音をあげて、御老中さまに泣きつきましょう。甲斐守をどうにかしてくれと」

左中居作吾が提案した。

「それもよい。だが、南町に借りを作りたくはない。富くじの余得のこともある。今、谷中の鴨兵衛からの金は、北町で独占している。それ以外の勧進元も北町に金をくれよう。しかし、南町に手を貸してもらうとなれば、これの半分は渡さねばならぬ」

竹林一栄が否定した。

「半分……」

年番方は算盤《そろばん》を得意としていなければ困る。すぐに左中居作吾が計算した。

「一年、二年くらいならば、まだしも、今後ずっととなると馬鹿になりませんな」

左中居作吾が嘆息した。

「南町の手を借りるのは、最後の手段としよう」

「まさに、まさに」

竹林一栄の言葉に、左中居作吾が首を縦に振った。

「となると……」

左中居作吾が代案を竹林一栄に求めた。

「…………」

竹林一栄が口を噤《つぐ》んだ。

「腹案をお持ちでござろう」

長いつきあいである。左中居作吾が竹林一栄をうながした。

町奉行所の金を取り扱う年番方と、犯罪者の捕縛、取り調べ、訴追を担当する吟味方は仲が悪かった。

「治安維持には金がかかる」

「年間の予算は決まっておりまする。これ以上の浪費は許されませぬ」

役所のどこでも起こる問題であった。現場と裏方では、足を置く場所が違う。

金を使っても、治安を護るべきだという現場に対し、予算には限りがあるから決められた以上の金は出せないという裏方では、かみ合うはずもない。

そもそも与力としての経路が違っている。年番方は、武術よりも書や算盤がとくいでなければ務まらない。幕府での勘定方と同じである。勘定というのは、一種の特殊技能になる。そうそう身につけられるものではなく、習得には何年もかかる。

当然、見習いのときから年番方に配されることになる。

吟味方も同じである。実際に与力が、下手人と直接対峙することはないとはいえ、配下の同心たちを心服させるだけの武芸は身につけていなければならない。他にも罪人を裁くときに規範とする御定書百箇条や町触れを熟知していなければ困る。こちらも見習いのときから吟味方に籍を置くことになる。

ようは、年番方も吟味方も世襲であった。

たまに交流のように吟味方見習いから年番方へ移る者、その逆もあるが、これは例外であり、実質は同じ町方与力のなかでも筋目が違っていた。

その年番方と吟味方が手を組んだ。

これも恒例だった。新しい奉行が来るたび、その見極めがすむまでの期間限定の同盟はおこなわれていた。それも新しい町奉行が、町方役人の言うがままになるとわかった瞬間、解散するもろい仲であった。後は、いつもの町奉行所内での主導権争いを繰り広げる。それが、曲淵甲斐守によって変わった。

曲淵甲斐守を排除するまで、両者は手を組まざるを得なくなった。

「竹林どの」

もう一度左中居作吾が急かした。

「……一つ考えているものがある」

「それをお聞かせ願いたい」

左中居作吾が迫った。

「甲斐守に痛手を与えるにはどうするか。それを考えていた」

「で、どのように……」

前置きはいいと左中居作吾が言った。

「大坂町奉行を経験していたとはいえ、甲斐守は町方の門外漢じゃ。町奉行所のことなどなにもわかってはおらぬ」

「まことに」

左中居作吾が竹林一栄の言いぶんを認めた。

「わからぬままでは、仕事ができまい」

「なにが言いたい……」

左中居作吾が苛立《いらだ》った。

「町奉行と町方役人の繋がりを断つ」

「繋がりを断つ……内与力をどうするので」

竹林一栄の主眼を左中居作吾が読んだ。

「なんとか内与力をこちらへ取りこむ」

「できましょうや。あやつらは甲斐守の家臣でございまする」

左中居作吾が首をかしげた。

「金で縛る」

「むうう」

竹林一栄が口にした一言に、左中居作吾がうなった。

町方役人ほど金の力を知っている者はいない。最初は武士の矜持だと金を忌避していても、その威力を知れば、もう金なしでは生きていられなくなる。

「金で飼われれば、甲斐守が町奉行でなくなったときに悲惨な目に遭う。それをわかっていながら、従いましょうか」

「金で飼われているのを知られなければよかろう」

「裏金……」

左中居作吾が腕を組んだ。

「裏となれば、さほどの金は出せませぬぞ」

年番方は出入り金の管理、分配も請け負っている。北町奉行所にどれほどの金があり、どこへ幾ら渡しているかも把握していた。

「万一に備えて、出入り金から毎年百両除けております。ですがそれも三年ごとに残った金を分配いたしております。ご存じのはず」

左中居作吾が竹林一栄を見た。

「わかっている。年番方が、金をごまかしていないことは」

竹林一栄があわてて手を振った。

裏金は帳簿に残すことはできない。当たり前である。悪事の証拠を残すことになり、なにかあったときにまずい。

世のなかで裏金の処理を担当する者ほど、清廉潔白でなければ務まらない職業はなかった。なにせ、幾ら裏金が集まり、何人がどの割合で分配したかは秘密なのだ。もし、左中居作吾が裏金を私腹しようとすれば、簡単にできる。千両とはいかないが、百両や二百両、生み出すのは容易であった。

その代わり、ばれれば左中居家は終わった。

町方役人の居場所は狭い。南北合わせて与力五十騎、同心二百四十人しかいないのだ。それこそ、全員が知り合いどころか、どこかで血がかすっている。そんななかで一人、美味しい思いをした者が許されるはずはなかった。

裏金を預かる。これは絶対の信頼の証であった。

「富くじの金を、それにあてられぬか」

竹林一栄が述べた。

「ふむうう」

左中居作吾が考えた。

「富くじの余得は、寺社奉行所と四分六の割。千両富で一回二十両、それを寺社方と町方で割るゆえ、八両がこちらに来る。感応寺だけで、富くじは年間十回ほど、他にも浅草、湯島などを合わせると年間百をこえる。このすべてを押さえられるとは思えぬが……」

頭のなかで左中居作吾が算盤を弾いていた。

「八両もらえるのは千両富だけ。普段は二両ほど……ざっと計算しただけでございますが、年間三百両を割るかどうかというところでしょう」

左中居作吾が概算を出した。

「そのすべては使えませぬぞ」

左中居作吾が釘を刺した。

「わかっている。富くじのある門前町を気にかける同心たちには金をやらねばならぬ。御用聞きどもにそのぶんの小遣いをやらねばならぬし」

「他の年番方にも。算勘をする者にも分け前が要る」

裏金の取り合いが、すでに始まっていた。

「どのくらいまでなら……」

竹林一栄が問うた。

「今年一年のことと限定できるならば、予備の金を合わせて二百五十両」

「一年で終わらぬと考えたときは……」

「二百両」

左中居作吾が指を立てた。

「それだけか。少ないの」

竹林一栄が難しい顔をした。

「しかたございますまい。それに内与力は五人おりまするが、一人は仲間に入れられませぬ」

左中居作吾が告げた。

「あの若い内与力だな」

竹林一栄も顔をゆがめた。

「あやつのおかげで、早坂甚左が飛ばされた。あやつを仲間に入れるなど、皆が大反対いたしましょう」

「うむ。あやつは潰す。そうせねば、腹の虫が治まらぬ。我らが奉行のもとに送りこんだ隠密であった早坂甚左を……」

「若いと内与力を侮った早坂甚左も悪い。いささか甘い人選であったのではございますまいか」

早坂甚左は吟味方の配下の同心である。左中居作吾が竹林一栄を言葉で刺した。

「ふん。ならば次は年番方から隠密廻りを出してくれ」

竹林一栄が言い返した。

「無理を言われるな。年番方の同心に探索などできませぬ」

算盤は得意でも、一日草履をすり減らして歩くなど年番方の同心にはできなかった。

「なら、要らぬ口を叩くな」

「申しわけございませぬ」

責められて、左中居作吾が詫びた。

「隠密廻りのことは、甲斐守から請求があるまで放置する」

「お任せいたしまする」

文句を付けられたばかりである。左中居作吾は素直に認めた。

「話を戻す。内与力四人ならば、一人五十両宛てになるが……」

「増えれば、減る」

左中居作吾もわかっていた。

「内与力は十人まで許される。あと五人、甲斐守が選ぶかどうかだな」

竹林一栄が目を閉じた。

内与力の定員は十名とされている。もっともこれも慣例で、十人まるまる内与力を任命する奉行もいれば、六人くらいで止めている奉行もいた。

「内与力に支給される手当は全部で八百石」

年番方の支配に内与力の禄もある。左中居作吾が口にした。

「五人ならば一人百六十石か」

「いや、一人八十石が決まり。あまりは奉行の内証に組み入れられるが決まり」

問うた竹林一栄に、左中居作吾が答えた。

「八十石とは少ないな」

与力はおおむね一人二百石であった。

ただし正確な禄は、役職と経験年数などで違っていた。これは与力の禄が南北合わせて一万石と決められているからで、筆頭与力になれば二百二十石ほどになり、見習いから与力になったばかりだと百五十石ていどとばらつきがあった。

「百六十石も出せるわけございませぬ。予算ではありませぬ。後々のことを考えてご覧あれ」

「後々……」

竹林一栄が怪訝な顔をした。

「これだから、捕り物しか考えぬ者は……」

小さく左中居作吾がため息を吐いた。

「内与力に選ばれた者どもの禄を考えてくだされ。曲淵甲斐守の禄は千六百五十石だったはず。その家臣だと、用人でも百石あるかどうか。内与力に選ばれる者など、せいぜい五十石そこらでございましょう」

さすがは年番方である。旗本のなかのこともよく理解していた。

「なるほどな。五十石の者が内与力になり百六十石をもらってしまえば……主君が町奉行を辞めてもとの禄に復したとき、不満を感じるか」

竹林一栄が理解した。

「五人で八十石ならば……四百石、あまり四百石分、金になおして二百両ほど。それが甲斐守の懐へ入る」

「私《わたくし》はできませぬ。奉行所の金ゆえに。内与力になにかさせるときの費用や、隠密廻り同心への手当としてしか遣えませぬ」

使途に制限があると左中居作吾が告げた。

「内与力を増やせば、遣う金が減る……甲斐守は内与力をこれ以上増やすまいな」

「よほど手が足りなくなれば別でしょうがな」

二人が同じ推測に至った。

「町奉行を無事にすますには、金が要る」

「はい。金で噂は買えまする。よい評判も」

竹林一栄と左中居作吾が言った。

「四人の内与力を籠絡《ろうらく》するにしてもだ。うまくいくかどうかを調べねばならぬ。まあ、今時の旗本の家来にはまずおるまいが、金よりも忠誠などというやつがおれば、うかつに誘いをかけられぬ。それこそ、甲斐守に報告される」

「見極めねばなりませぬな。最悪四人のうち二人でもよいかと。落ちなかった二人は、足を引っ張ってやればよろしい」

竹林一栄と左中居作吾が結論に達した。

「では、手分けして人柄を見極めましょうぞ。私は内与力で内証を担当している二人を担当しよう」

「となると儂は、吟味方を担当している二人だな」

左中居作吾と竹林一栄が分担を決めた。

二

曲淵甲斐守が江戸城へあがっている午前中、内与力たちはそれぞれの担当である部門の与力たちと折衝をする。

亨も曲淵甲斐守から命がない限り、吟味方与力の控え室へ顔を出すことになっていた。

「よろしいか」

吟味方与力の控え室も、年番方与力の執務部屋も、許可なしに足を踏み入れてはならない決まりである。

廊下へ膝を突いた亨は、入室の許可を求めた。

「よろしかろう」

許しの返事があった。

「御免」

障子を開けて、亨は吟味方控え室に入った。

「藤井《ふじい》どの、山上《やまがみ》どの、もうお見えでございましたか」

すでに控え室に他の内与力がいることに亨は気づいた。

「うむ。お役目はしっかり果たさねばならぬでな」

「お奉行さまのお名前に傷が付いては困る。江戸の治安は我らで護る。その気概が内与力にも要るであろう」

藤井と山上が応じた。

「畏れ入りまする」

亨は頭を垂れた。

「続けるぞ」

竹林一栄が、亨の登場で中断していた会議を再開した。

「昨日の夜、大番屋へ運ばれた罪人はなし。自身番については、定町廻り同心どもが戻ってきてからになるゆえ、報告は夕方になる。まあ、自身番で捕まえるのは、せいぜい盗賊ていどだ。遅れたところでどうということはない」

竹林一栄が、昨日、北町奉行所あてに届けられた江戸の犯罪について説明した。

「次に、本日受牢証文が一枚出る」

受牢証文は、大番屋から小伝馬町《こでんまちよう》の牢屋敷へ罪人を移動するためのものである。これがなければ、牢奉行石出帯刀《いしでたてわき》は罪人を引き受けなかった。

「受牢証文……拝見できまいか」

内与力でもっとも年嵩《としかさ》の藤井が問うた。

「初めてでござったかの。では、ご覧に入れよう。おい」

竹林一栄が、配下の与力に合図をした。

「はっ」

若い与力が立ちあがり、盆に置かれた書付を竹林一栄に渡した。

「うむ」

うなずいた竹林一栄が、折りたたんであった書付を開いた。

「どうぞ」

「拝見いたしまする」

竹林一栄の差し出した書付を、藤井が受け取った。

「これは……先日の千両富殺し」

すぐに藤井が気づいた。

「さようでござる」

「もう、お調べは」

まだ千両富殺しの下手人を捕まえて、十日にもなっていない。亨が驚いた。

「牢屋敷に移ってからでも、調べはできる。とくに拷問は牢屋敷でなければできない決まりである」

竹林一栄が答えた。

「拷問……」

亨が想像して頬をゆがめた。

「町方が拷問を嫌ってどうする。相手は下手人である。しかも仲間がいるのだ。これが一人の仕業ならば、自白したところで拷問は終わる。しかし、仲間が逃げているならば、話は別だ。なんとしてでも仲間のことを吐かさねばならぬ。石抱き、海老責め、水責めをしてでもだ」

「…………」

厳しい竹林一栄の口調に亨は押された。

「下手人を逃がす。それは、あらたな犠牲者を生むことになる。たとえ指を全部へし折ってでも、仲間の行方を訊き出し捕まえる。それが町方の役目である。もし、甘くして、別の被害者が出たら、おぬしはどうやって詫びるつもりだ」

「……勉強不足でございました」

亨は頭を下げた。

「勉強不足ではない。おぬしのは覚悟ができていないだけだ」

竹林一栄の糾弾は続いた。

「覚悟のない者は、吟味方には不要である。出ていってもらいたい」

内与力は、一応筆頭与力格とされる。竹林一栄が命令にしなかったのは、藤井と山上を気遣ってのものであった。

「…………」

亨は、判断ができなかった。内与力として吟味方に属するように言われている。このまま席を外しては、曲淵甲斐守の怒りを買う。

「…………」

それ以上言わず、竹林一栄は腕を組んで瞑目《めいもく》した。

「城見、今は、そうせよ」

藤井が告げた。

「おぬしが出ていくまで、話をする気はないということだ」

山上が竹林一栄を見た。

「…………」

肯定も否定もなく、竹林一栄が沈黙を続けた。

「御用に差し障りが出ては困るだろう」

「後で、我らからお奉行さまに口添えする」

藤井と山上が、亨を宥めた。

「わかりましてございまする」

先達二人に言われては、最年少の亨に反抗はできなかった。

「申しわけございませんでした」

もう一度、頭を垂れて、亨は吟味方控え室を出た。

「……どうするか」

内座所に戻った亨は、することをなくした。

「仕方ない」

亨は内座所の書付を整理することで暇を潰した。


昼八つ（午後二時ごろ）に、曲淵甲斐守は江戸城から町奉行所へと帰ってくる。

「お帰りなさいませ」

内与力はそろって内玄関脇で曲淵甲斐守を出迎えた。

「うむ。なにか格別なことはないか」

駕籠から出た曲淵甲斐守が、内座所へ向かいながら問うた。

「急遽《きゅうきょ》、お報せせねばならぬことはございませぬ。後ほど、それぞれが担当についてご報告にあがりまする」

内与力を纏《まと》める年番方担当の坂木《さかき》が応じた。

「よろしかろう」

鷹揚《おうよう》にうなずいて、曲淵甲斐守が内座所へと入った。

「お城ではなにかございましたでしょうや」

茶の用意をしながら、坂木が尋ねた。

まともな武家は女に身の回りのことをさせない。これは女を戦場に連れていけないというところから始まったもので、士分の家臣を持てない貧乏御家人でもない限り、着替え、湯茶の用意などは男の家臣がおこなった。

「……別段、なにもない。寺社奉行が儂を見ると顔を背けるくらいだな」

楽しそうに曲淵甲斐守が、口のなかで笑った。

「…………」

主人より格上の寺社奉行の悪口である。迎合するわけにもいかない。内与力は全員が黙った。

「それと、近く寛永寺《かんえいじ》の本殿修復の普請がおこなわれることになる」

ふと思い出したように、曲淵甲斐守が口にした。

「寛永寺さまの」

坂木が背筋を伸ばした。

寛永寺は将軍家祈願所であるとともに、四代将軍家綱を始め、多くの将軍や御台所の墓を預かる菩提寺である。

正式名称を東叡山寛永寺と言い、天台宗の総本山であり、その貫首は宮家が務める。寺域三十万五千坪、寺領一万二千石と大名並みの力を誇った。

「どの大名家がお手伝いを命じられるかはわからぬが、どこにせよ、国元から多くの職人、人足を江戸へ連れてくるだろう」

「面倒ごとが起きましょう」

曲淵甲斐守の話に、坂木が嫌な顔をした。

「血気盛んな男ばかりでございまする。喧嘩沙汰は当然」

吟味方筆頭を務める藤井がため息を吐いた。

お手伝い普請は、幕府が外様大名の財力を削《そ》ぐためにおこなう嫌がらせである。江戸城や寛永寺、増上寺の修復から、街道の維持、河川の防災まで、いろいろな普請を外様大名の金でやらせた。

幕初、大名にまだ金があったころは、普請のできを自慢するという名誉欲もあって、京や大坂から名のある職人を呼んだりしたが、外様大名の内証が逼迫《ひっぱく》してからは、金のかからない領民を徴用するように変わった。

賦役として狩り出された領内の職人や領民は、旅費や江戸での宿、食事の提供はあるが、日当はもらえない。仕事はきついのに、無料での奉公である。かといって領主や監督をしている藩士に文句を付けるわけにはいかず、いろいろと不満が溜まる。そして溜まった不満は、町で発散することになる。

酒を飲むか、遊女を買うか、そのどちらにしてももめ事は起こりやすい。酔った勢いでの喧嘩、遊女の取り合いなどで、たやすく騒動になった。

町中での喧嘩は、町奉行所の管轄である。人が増えることは、町奉行所にとって苦が増えると同じであった。

ならばと簡単に抑えつけるわけにはいかなかった。

「寛永寺さまご普請の大工でござる」

「ご本堂の壁塗りを担当しておる左官でござる」

喧嘩している職人を捕まえて大番屋に括《くく》っておくと、かならず普請を命じられた大名から放免の使者が来た。

「喧嘩をいたしておりましたゆえ……」

「聞けば、相手方のほうから手出しをしたとか。畏れ多くも寛永寺さまの職人に」

逮捕を正当だと主張したところで、そう言われてはどうしようもない。

「職人が怪我をしておるではございませぬか。これでは、仕事ができませぬ。御上より命じられている期限に間に合わなくなったときは、そちらが責めを負ってくださるのだろうな」

なかには逆ねじを喰わせてくる大名もいる。

江戸でお手伝い普請がある。これは町奉行所にとって厄災以外のなにものでもなかった。

曲淵甲斐守は大坂西町奉行のとき、一度だけ大坂城の石垣修復のお手伝い普請を経験していた。幸い、さほどの騒動もなく半年ほどでお手伝い普請は終わったが、相応に気を使った。

「いつから普請が始まるか、それも決まってはおらぬが、決まってからあわてて、醜態を晒すようなまねをせぬように、今から準備を進めておけ」

「わかりましてございまする」

代表して坂木が受けた。

「では、私からご報告を」

坂木が申し出た。

「よかろう。他の者は下の間へ」

首肯した曲淵甲斐守が、残りの四名を下げた。

「年番方より、捕り物の費えが予定より……」

坂木の話が始まった。

「では、これにて」

吟味方担当の山上が、曲淵甲斐守の前から退出した。

「亨、参れ」

曲淵甲斐守が最後に残った亨を招いた。

「はっ」

立って座敷を移動するのは礼に反している。亨は、左右の膝を使って、下の間から内座所中央へと移動した。

「竹林から叱られたらしいの」

「もう、お耳に」

声を掛けられた亨は驚いた。

「藤井が申しておったわ」

あっさりと曲淵甲斐守が種を明かした。

「お恥ずかしい次第でございまする」

亨がうつむいた。

「町人を護る覚悟がないと言われた……か」

曲淵甲斐守が亨を見た。

「はい」

ますます亨は下を向いた。

「気にするな。嫌がらせだ。町方役人のな」

「えっ」

主君の言葉に、亨は驚いた。

「そなたが町の噂を拾ってきたことで、隠密廻りの早坂が伊勢山田奉行所同心へと飛ばされた。それへの報復であろう」

「報復でございまするか……」

亨は意味がわからなかった。

「仲間の仇《かたき》よ」

「…………」

仇と言われて、亨は憮然とした。

「しかたあるまい。あやつら町方は、一つの村だ。それも村を治める長《おさ》のおらぬな」

「長はお奉行さまではございませんので」

亨が問うた。

「余がか。長などではないな。そうよな、もっとも近いのは、旅人であろう。ていねいに迎えねばならず、滞在中も気遣いをさせられる。が、いずれ村を去っていく」

曲淵甲斐守が苦笑した。

「では、長がおらぬというのは……」

「おおいなる欠点である。亨、そなた戦国の初め、今前田家が領している加賀の国が、大名のものでなかったときがあったのを知っておるか」

「あいにく……学が足りませず」

知らないと亨は申しわけなさそうにした。

「無理もないな。今は、戦話をする古老もいなくなった」

少しだけ曲淵甲斐守が寂しそうな顔をした。

「当家の由来も、いずれ消えるのだろうな」

曲淵家は戦国の雄、武田信玄に仕えた曲淵正左衛門吉景《せいざえもんよしかげ》を祖にする。武田家滅亡の後、徳川の旗本になった。

「いや、本筋から離れたな。加賀の国の話だが……大名として治めていた富樫《とがし》氏を討ち、一向宗徒による支配が始まった。百姓の持ちたる国と呼ばれ、その政は百姓の代表者と本願寺の僧侶による合議でおこなわれた」

「合議……それが町方と同じだと」

曲淵甲斐守の言いたいことを亨は読んだ。

「そうだ。百姓の持ちたる国は、合議に出ている代表者によって運営された。町方も同じだ。筆頭である吟味方与力、年番方与力を代表としているが、これらは世襲ではなく入れ替わる。役目だからの」

「はい」

吟味方与力も年番方与力も隠居すればそれまでで、職は息子に引き継げても筆頭という地位は失う。

「さすがに同心が、筆頭与力にはなれぬゆえ、村のなかでも格はあるが、与力は皆、合議参加できる。つまりは、皆でなかよく同じ方向を見ているときはいい。それが利害などで内部対立を起こしたとき、村は崩壊する。百姓の持ちたる国も百年にわたって続いたが、織田信長公が出現したときに、戦うか、和睦《わぼく》かで割れた。一枚岩でなくなったとき、もろくなる。衆議は弱い」

「大名一人がすべてを決するほうがよいと」

「戦国のように、一つの失敗が命にかかわるときにはな」

亭の確認を曲淵甲斐守が否定した。

「一人の考えではまちがえやすい。三人寄れば文殊の知恵は真理である。多くの人が知恵を出し合うことで、よりよい政はできる。と同時に衆議は、船頭多くして船山にのぼるになりかねぬ」

「はあ……」

「なにより、衆議は誰の責任でもなくなる。皆でそう決めたのだからな。失敗しても、誰も頭を下げぬ。おまえが言い出したのだろうと指摘しても、おまえもうなずいたではないかと切り返されるからな。失敗しても腹を切らずにすむ……これがどれほど政に悪影響を及ぼすか。今の町方がそのいい例じゃ」

厳しく曲淵甲斐守が罵った。

「下手人を逃がしても、腹を切らぬ。職を辞さぬ。互いにかばい合うことで、役目を護る。この風潮が町方を腐らせた」

曲淵甲斐守が、あらためて亨を見た。

「先日、千両富殺しの下手人を捕まえたとき、早坂が吉原大門で、自慢げに犯人捕縛のお披露目をしたそうだな」

「はい。こうすることで町奉行所への信頼を高めると」

「ふん」

告げた亨に、曲淵甲斐守が鼻を鳴らした。

「そのようなまねをせねばならぬほど、町方が町人どもの信頼を失っていると気づいておらぬのか」

「あっ」

亨は気づかされた。

「今ごろか」

曲淵甲斐守があきれた。

「意味のない誇示をする。それを町方役人は当然どころか、自慢にしている。人を殺した者を町方が捕まえるのは当たり前だ。そのために禄をいただいておる。当たり前のことを誇る。これほど武士として恥ずかしいことはない」

「…………」

亨は黙って聞いた。

「だが、それを江戸の評判だと喜ぶ馬鹿どもは、手柄を立てた早坂を飛ばした儂と、その早坂に同行していたそなたを敵視した。結果、そなたを吟味方控え室から追い出した」

「お役目に障りましょうに」

町奉行の家臣である内与力は、町方役人との間を取り持つのが役目である。内与力が十全に動かねば、町奉行所はうまく回らない。

「そなた一人を敵に回しても、たいしたことはないと考えておるのだろうな。愚かなまねをする」

曲淵甲斐守が憤った。

「わたくしがいなくとも、藤井さま、山上さまがおられまする」

まだ二人、吟味方担当の内与力はいると亨は述べた。

「連絡はな。伝えるだけならば、飛脚でもできようが」

曲淵甲斐守が嘆息した。

「亨、前も言ったが、余は町奉行を上がり役にする気はない」

「……………」

これも返答の難しいところである。亨は無言でいた。

「町奉行で手柄を立て、大目付、あるいは留守居になる」

曲淵甲斐守が宣した。

大目付は、大名の監察を任とする。大名を生かすも殺すも大目付の胸三寸である。

もっとも大名を潰しすぎたことで大量の浪人を生み出し、結果由井正雪《ゆいしょうせつ》の乱を招いた経験から、昨今は改易大名を作らない風潮になり、大目付は飾りとなっている。

留守居はその名のとおり、江戸から将軍が離れたときに、城を預かるのが役目である。十万石の大名と同じ格を与えられるほど重要なものであったが、将軍が上洛、日光参拝をしなくなって久しい今、まさに名前だけの役目となっていた。

大目付、留守居とも実権をまったく持たないが、ともに五千石高であり、まさに旗本最高の役目であった。

「そこまで行けば、大名は目の前だ」

役高五千石、その先はもう大名役である。

「もっとも大目付、留守居ともに上がり役だ。ともに長年役目を無事に果たしてきた高禄の旗本の隠居への花道とされている」

力を失っていても大目付は、大名から畏怖され、城中で行き会えば、道を譲られる。まさに旗本の心をくすぐる待遇を受ける。

留守居は、城主の大名と同じ扱いを受ける。下屋敷を与えられ、次男まで将軍に目通りを許される。これも一万石に満たない禄で我慢している旗本にとって、夢である。

　もうすぐ隠居する旗本への、まさに手向けであった。

「余は今年で四十五歳だ。町奉行としても若い。五年ほどで大きな手柄を立てて、大目付か留守居になれば……早くても六十歳過ぎ、七十歳になってから就任というのも珍しくない大目付や留守居に五十歳で抜擢される。それほどの能吏を、幕閣が隠居役で三十年飼い殺しにするはずはなかろう」

　すさまじい自負を曲淵甲斐守が見せた。

「まちがいなく側用人、あるいはお側御用取次に任じられよう」

　曲淵甲斐守が高揚した。

「大名になる。余はそれだけの器である。一万石、まずはだ。側用人で一万石は始まりである。そこで上様の目に留まり、二万石、三万石だ」

「ご執政を目指されるので」

　亨は最終の目的を訊いた。

「執政は無理だ」

　あっさりと曲淵甲斐守が口にした。

「老中になることはできよう。だが、それは嫉妬を生む。余が上様のご寵愛で引き立てられたならば、嫉妬も黙ろう。だが、余は純粋に才だけでのぼってきた。才ある者は嫌われる。凡人はそういうものよ。そして凡人は群れる。今の町方のようにな。いかに凡人とはいえ、数がそろえば強い。旗本から大名へ出世するだけで嫉妬を受ける。そのうえ老中など狙ってみろ。今まで余を気にしていなかった譜代名門の連中まで敵にする。そこまで贅沢を求めてはならぬ」

曲淵甲斐守が述べた。

「はあ……」

ここまでくると亨には付いていけなくなった。

「わからぬか。当然だな。燕雀安《えんじやくいずく》んぞ鴻鵠《こうこく》の志を知らんやよ。人に使われるだけの身はそのようなものだ」

小さく曲淵甲斐守が嘆息した。

「そなたは、余の命だけを聞いておればよい。余計なことは考えるな」

「それはもちろんでございますが……吟味方の部屋には行かずともよろしいのでございましょうや」

午前中の任が一つなくなってもよいのかと亨が確認した。

「もともといるだけであったろうが……」

曲淵甲斐守が見抜いていた。

「申しわけございませぬ」

たしかに内与力最年少の亨は、藤井や山上に比べると軽く見られている。吟味方与力たちも藤井や山上を相手にし、亨を気にはしていなかった。

「まあ、そなたの役目はそれだからな」

「なんでございましょう」

主君の言葉に、亨が引っかかった。

「なんでもないわ」

追及を曲淵甲斐守が退けた。

三

「なにをいたせばよろしゅうございましょう」

空き時間をどうすればいいかと亨が問うた。

「町奉行所のなかを探りましょうや」

早坂甚左のことを見てもわかるが、町方役人と町奉行である曲淵甲斐守の仲は悪い。悪いどころか敵対している。

大坂町奉行を経験しているとはいえ、治安維持、町屋の行政などに詳しくない曲淵甲斐守が、専門職たる与力、同心を相手に戦えているのは、偏《ひとえ》にその権限による。町奉行は寺社奉行のように、将軍親補ではないとはいえ、幕府から任じられている。町方役人が町奉行を表立って敵にするのは、幕府への反逆扱いとなる。

しかし、裏でどのようなまねをしようとも、それは問題にならない。明らかにならない限りは、なにをやっても咎められないのだ。

曲淵甲斐守を追い落とすか、町方役人たちの前に膝を突かせるために、裏で竹林一栄たちが動いている。

その動きを探ろうかと亨は言った。

「愚か者」

曲淵甲斐守が亨を叱った。

「そなていどに見抜かれるほど、あやつらは甘くはない」

「…………」

提案を一蹴された亨は、鼻白んだ。

「一人前に拗ねるな。そなたには経験がなさすぎる。人の裏を、心の闇を見ていない。他人の悪意、他人の思惑を汲み取るどころか、踊らされるのが精々だ。偽りの情報を摑《つか》まされては、余まで戸惑うことになる」

曲淵甲斐守が不満げな亨に説明した。

「はい」

世間知らずとまではいかなくとも、まだまだ青いと己でもわかっている。亨は納得した。

「ではなにを」

「町奉行所から出ておれ」

「市中を巡れと」

曲淵甲斐守の指示を亨は確かめた。

「犬ではない。あちこちに匂いを付けて回るだけで終わるなよ」

「なにをすれば」

　率直に亨は尋ねた。

「町方役人の力を削ぐ」

「力を……」

　亨は困惑した。町方役人の持つ力は、町奉行のものでもある。力を削げば、曲淵甲斐守にも影響が出る。

「わからぬかの。力とは町方役人としての権限ではない。それを失えば、余も弱くなる。町奉行所には傷一つ付けてはならぬ」

「難しいことを仰せになられまする」

　なにをしていいか、亨にはまったくわからなかった。

「権限をそのままに町方役人の力だけを削ぐ。権限ではない町方役人の力とはなんだ」

「……権限を除いて、町方役人を見る……」

　亨は思案した。

「………」

辛抱強く、亨が答えに至るまで曲淵甲斐守が待った。

「町方役人の特徴は、不浄役人として同じ与力や同心から格下に見られていること
……」

亨は一つずつ指を折っていった。

「……身分や禄に比して、贅沢な生活をしていること」

大坂町奉行所でもそうだったが、町方役人は与力、同心という薄禄の代表とは思えない生活をしていた。

江戸町奉行所の同心にいたっては、なんと紺足袋《こんたび》を履いている。

紺足袋は汚れが目立つ。もともと江戸は赤城山から吹きおろす風の強いところである。また、江戸は雨が少ない。風が強く雨が少ないとなれば、砂埃《すなぼこり》が舞う。紺足袋は一度履いただけで、真っ白になってしまう。

もちろん、砂汚れである。洗濯すれば落ちる。白足袋ならば、なんの問題もない。洗って乾かせば、普通に使える。

紺足袋はそうはいかなかった。紺足袋は白足袋を染めて作る。洗えば砂も落ちるが、色も褪《あ》せた。一度でも洗った紺足袋は、よく見れば一目でわかる。色落ちして

いるからである。

色落ちした足袋を履く。これは、江戸の粋を気取る連中にとっては致命傷であった。

「色落ちした足袋を履いてやがる。新しいのを買うだけの金がない証拠だ」

指さして笑われる。これは己は粋だと自慢している者にとって最大の恥である。

色を染める分高くなった紺足袋を履いていながら、余裕がないと嘲《あざけ》られる。それを防ぐには白足袋に変えるか、紺足袋を一度で履きつぶすかしかない。

ここで白足袋を選ばないのが町方であった。町方同心は、巻羽織という独特の羽織に、黄八丈を着ている。身分が足りないため袴《はかま》を身につけることは許されていない。だけに一目で町方役人とわかるのだ。

見ただけで町方役人と見抜かれる同心たちの、心意気が紺足袋であった。袴をはいていれば、歩いても裾《すそ》が乱れることはなく、足下を注視しない限り足袋にまで他人の目は行かない。着流し姿で大股《おおまた》に足を踏み出せば、裾が乱れてふくらはぎまで露《あら》わになる。白いふくらはぎに紺足袋は映える。これが粋だと町方同心は信じていた。

その枠は紺足袋を毎日交換するという無駄に支えられていた。いくら紺足袋一つがさほど高いものではないとしても、一年で三百六十足を買い、捨てるのである。足袋一つを五十文として一万八千文、小判三枚近い費用がかかる。一年十二両の町方同心では、とても払えるものではなかった。

「そうだ。金よ。町方役人には、江戸中から金が集まっている。大坂でも同じであったろうが、城下町としての規模が違う。大坂町奉行所を一とすれば、江戸は十。いや百だ。人の数、町の広さの桁《けた》にそれだけ差がある」

「大坂の百倍……」

想像を絶する大きさに、亨は絶句した。

「もちろん、これは比喩であり絶対ではない。大坂の百倍、金が町方に入るわけではない。が、相応の金額ではあるはずだ。それが与力、同心どもを増長させている。そのうえ、どれほど手柄を立てても出世がない。なにもしなくても金が入り、一生懸命働いても御上は報いてくれない。かといって功績がなくても、職を失わぬ。これで働く気になるか」

「いいえ」

亨は首を横に振った。報いられぬ仕事など、誰も命がけでするはずはなかった。

「これが町方だ」

「………………」

「どうすればいいか、わかったな」

黙った亨に曲淵甲斐守が言った。

「……町方から金を奪えと」

「うむ」

重々しく曲淵甲斐守がうなずいた。

「どのようなやり方でもよい。任せる。期間も区切らぬ。かといって五年、十年はならぬぞ。余は五年で町奉行を離れ、上へ異動するつもりであるからな」

「………………」

とてもできるとは思えない難題であった。町方役人にしてみれば、己の食い扶持が減るのだ。反発は強い。それを押しのけてまで達成する自信など亨にはない。亨は返答をできなかった。

「町奉行としての命である」

「ではございまするが……」

上司と配下ならば、いささかの反駁《はんばく》が許される。できないと亨は言いかけた。

「主命である」

「それは……」

亨が詰まった。主命は武士にとってなによりも重い。主命を果たさなければ、武士はその資格を失う。

「内与力としての城見亨ではなく、曲淵家の臣城見亨に命じる」

先日、奉行所のなかでは上司と配下であると亨を叱った曲淵甲斐守である。しっかりとそのあたりを押さえてきた。

「わかりましてございまする」

亨は手を突くしかなかった。

寺社奉行松平伊賀守は、老中松平周防守に釘を刺されたことで大人しくなった。城中でもじっと奏者番の控えに端座し、目を閉じてときを過ごす。

「では、お役目でござるゆえ」

昼餉をすませるなり、そそくさと下城していく。

「なにかあったのでござろうか」

「覇気が消えたというか、欲がなくなったというか」

そんな松平伊賀守の姿に、他の奏者番たちが戸惑った。

「寺社奉行から若年寄への内示が出たのではなかろうか」

一人の奏者番が口にした。

「それならば、大いに自慢するであろう」

別の奏者番が否定した。

「……これは噂でござるがの」

少し離れたところで聞いていた老練の奏者番が口を挟んだ。

「留守居役が会合で得たものだが、伊賀守どのは大きな失策をし、ご老中松平周防守さまから、いたくお叱りを受けたらしい」

「それはまことでござるか」

「となれば……」

「寺社奉行を罷免されるかも知れぬと」

奏者番の控えが一気に騒がしくなった。

皆、譜代名門の大名で、石高が五万石前後の者ばかりである。正式ではないが、老中は譜代名門で五万石ていどの大名から選ばれるという内規のようなものがある。そして奏者番から老中に至るには、まず寺社奉行を経験していなければならなかった。もちろん、これも慣例で、五代将軍綱吉の寵臣柳沢美濃守吉保《やなぎさわみののかみよしやす》や当代家治《いえはる》の腹心田沼主殿頭意次《たぬまとのものかみおきつぐ》のように、奏者番、寺社奉行を経験せずに側用人から老中、あるいは老中格へと立身した者もいるがこれは例外であった。

「いや、まだそうと決まったわけではござらぬぞ」

思わぬ騒動になったことで、老練の奏者番が引いた。

「次は誰であろうか」

「貴殿ではないか。もう奏者番を十年近くなさっているだろう」

「いやいや、ご貴殿こそじゃ。聞けばご老中さまと縁続きになられるというではないか」

奏者番の控えの騒ぎは治まらなかった。

「なにごとであるか」

いつの間にか声が大きくなり、外へ漏れた。当然、目付の耳に入る。

「静謐《せいひつ》たる城中において、喧嘩口論をいたしておるのか」

目付は千石の旗本で、奏者番の大名とは格が違う。しかし、その非違監察という役目は、老中でさえ咎められた。

「とんでもございらぬ。喧嘩口論などいたしておりませぬ」

老練の奏者番が否定した。もし、喧嘩口論となれば、両成敗が決まりである。騒ぎに参加していた者すべてが罪になる。

「いささかお祝い事がござってな。その祝意がいきすぎただけでござる。お騒がせしたことは深く陳謝いたすゆえ」

「まことか」

言いわけをする老練な奏者番から目を離した目付が、他の者へと問うた。

「さようでござる」

「まちがいございませぬ」

「大声になったことは、恥じまする」

奏者番たちが口をそろえた。

「……ふむう。異を唱える者はおらぬようじゃな」

それは違うと言い出す者はいなかった。

「祝いだというゆえ、今回は叱りおくだけに留め置く」

「ありがたし」

「かたじけなし」

奏者番たちがほっと安堵の息を吐いた。その気になれば、ここにいる全員を罷免できるだけの権を目付は持っている。

「ただし、ご老中さまにはご報告いたす」

「それは……」

「…………」

一気に奏者番たちが力をなくした。

奏者番は将軍の前に出る。礼儀礼法を役目の一つにすると言ってもいい。その奏者番が静かであるべき城中で騒いでいた。ふさわしからずことこのうえない。

「能《あた》わずじゃな」

老中にこう思われれば、寺社奉行への出世はなくなる。

「平にいたせ」

もう一度釘を刺して、目付が出ていった。

「はああ」

奏者番控えに、大きなため息が響いた。


己の知らぬところで話題になっているとは気づかぬ松平伊賀守の乗った駕籠が屋敷へと戻ってきた。

「お帰りぃぃぃぃぃぃ」

語尾をやたら長く伸ばす独特の報せが屋敷中に響いた。

「あやつらは」

表御殿御用部屋で藩政を見ていた典膳が、側に控えていた若い藩士に問うた。

「小半刻（約三十分）前から、玄関脇に控えさせておりまする」

若い藩士が答えた。

「そうか。ならばよい」

首肯した典膳が、ふたたび政務へ没頭した。

藩主の駕籠である。玄関式台まで運ばれ、一切地に足をつけることなく、御殿に着く。

「扉を開けよ」

駕籠の扉も自ら開けることはない。大名は徹底して、人手を頼るようになっていた。

「…………」

しずしずと駕籠の扉が開かれ、屋根が上へとはねあげられた。

「うむ」

満足そうにうなずいて、駕籠から出た松平伊賀守が、足を止めた。

「あの者どもは」

玄関土間に平伏している男たちに松平伊賀守が気づいた。普段、そこは誰もいない場所であった。

「江坂の弟、従兄弟《いとこ》、伊藤の弟二人でございまする。本日国元より出府して参りました」

玄関式台で控えていた長野が答えた。

「士籍は削ってあるのだろうな」

松平伊賀守が長野に確かめた。士籍とは、藩士としての身分である。当主でなくともここに記載されていれば、武士として扱われ、いざというときには家が継げた。

「はい。昨日付で藩士籍より外しましてございまする」

長野が頬をゆがめながら告げた。

藩士籍から削られれば、浪人である。浪人は武士ではない。よってなにがあっても松平家の援助は受けられない代わり、その責を持ちこまれることもなかった。

「殿、一言お願いをいたしまする」

藩士たちの崩れた士気を立て直すために、江戸へ絶家とされた江坂、伊藤の一族を招いたのだ。藩主が無視をすれば、さらに藩士たちのやる気は下がる。長野が要求した。

「……待っておるぞ」

なにをとは言わず、松平伊賀守が平伏している者たちに声を掛けた。

「よかったの。ことがなった暁には、帰参をお認めくださるとのご諚《じょう》である」

長野がわざとらしく喜んだ。

「はっ」

「かならずや、家名を復活させてご覧に入れまする」

両家から代表して弟たちが応じた。

「…………」

それ以上なにも言わず、松平伊賀守が御殿へと入っていった。

第四章　江戸の実像

一

天下人の城下町でもっとも繁華な地、日本橋に店を構えるのは、江戸の、いやすべての商人の夢であった。

江戸発祥の地とも言える日本橋には、初代将軍家康が江戸に城を築いたときに、三河、駿河から供をしてきた商人たちが開いた店がいくつもある。

もちろん、栄枯盛衰が世の理《ことわり》であり、多くの店がときの流れに抗《あらが》えず、潰れたり、田舎へ格落ちをしていった。

その後に、今、力を蓄えている商人が土地を購《あがな》い、店を建てた。

東海道の起点でもある日本橋は、ほんの少し歩いただけで諸大名の屋敷が並ぶ武家町になる。

昨今、武家の経済は逼迫してきている。昔ほどの力はないが、それでも大名相手の商売は儲けが大きい。なにせ、武家は見栄を張るのが習い性である。商人が付けた値段を値切るなどまずしない。

そしてありがたいのは、何々家お出入りとか御用とかいう看板を出せる。店の宣伝としてこれは大きかった。

当然だが、もっとも効果があるのは、将軍家御用になる。天下人が使う、あるいは食するものも天下一でなければならない。商品の質に絶対の保証が付く。

次が大奥御用である。これは主に小間物、化粧、呉服、菓子など、女の嗜好品に効果が出た。

この二つには及ばないが、諸家出入りの名称は商人にとって大事なものであった。

しかし、これらの看板は容易に剝奪《はくだつ》された。

「最近、質が落ちておらぬか」

御用という名前に胡座《あぐら》を搔いていると、すぐに苦情が出る。そして対応が遅れれば、御用は打ち切られる。

これは商いとしてしてはならないことであり、仕方のないものである。

「なにやらもめ事があるらしいの。そのような店に出入りをさせるわけにはいかぬ」

「奉公人が金を盗んで逃げたそうだの。盗人のおるような店は、当家にふさわしくない」

こういった理由でも、簡単に出入り禁止は命じられた。

商品の質や店の対応が悪いならば自業自得だが、それ以外は納得できるものではない。

とはいえ、こういった客や奉公人とのもめ事は、商いをやっている限り避けられないものである。

「避けられないなら、隠してしまえ」

表沙汰にならなければ、なにもなかったのと同じである。

「なにとぞ、内聞にお願いをいたしたく」

奉公人はもとより、もめている客も町人であれば、町奉行所が頼りになる。

「町内から消えろ。しょっぴかれたいか」

店の金に手を付けたり、主の娘に手を出した奉公人は、御用聞きに脅されるだけで、尻を蹴あげる勢いで消えていく。当たり前のことだが、奉公先の金を盗んだ、主の娘に無体を仕掛けたなど、次の奉公先で言うはずもない。言えば、まちがいなく首になる。悪い経歴は隠さないと江戸では生きていけなかった。

「おいらの顔を立ててくれねえか」

客相手のもめ事でもこれですんだ。御用聞きで退いてくれるか、同心、与力に来てもらうかは、客ともめ事の内容で違うが、町方役人が間に入ればまずそれで話はすんだ。店側が悪いときはいくらかの詫び金が要るとはいえ、表沙汰になることはない。

「北町の与力何々さまには、ご贔屓《ひいき》をいただいておりまする」

やくざ者は、たいがいこれで逃げた。

商家にとって町奉行所は、お守りであった。

「どこに入るか」

亨は日本橋の中央に立ち止まり、上から並んでいる店を見た。

「人の出入りが多いところは、避けたほうがいいだろうな。手を止めることになっては迷惑だ」

人の流れを亨は考えた。

「白木屋《しろきや》はすごい人だな」

日本橋一丁目に大店の威容を見せつけ、多くの奉公人と客がひっきりなしに出入りしている白木屋は、寛文《かんぶん》二年（一六六二）に京から出てきて、日本橋二丁目に小間物商を開いたことに始まる。やがて呉服を扱うようになったことで、一気に商いを大きくした。後、店を移転拡張して、江戸でも指折りの大店になった。

「まあ、白木屋は相手もしてくれまいな」

幕府御用はもちろん、大奥、諸家出入りも多い。主どころか番頭でさえ、老中と膝詰めで談判できる。町奉行所など端《はな》から相手にしていない。

「越後屋《えちごや》、大丸屋《だいまるや》も同じか」

やはり呉服を商う大店であった。

「もう少し小さな店でなければ、主に会うことさえ難しい」

亨はもう一度日本橋通りを見おろした。

「あそこがよさそうだ」

日本橋一丁目をこえて、二丁目の真ん中ほどにある小間物屋を亨は選んだ。

「ごめん、ちとよいかな」

亨は茶色に櫛《くし》の絵が白く染め抜かれた暖簾《のれん》を潜った。

「お出でなさいませ」

すぐに若い男の奉公人が近づいてきた。

「笄をお求めでしょうか」

男で小間物といえば、髪の毛を整える笄が主になる。笄は先を丸めた平打ちの櫛の両脇に内側へへこむ形で丸みをつけてある。そのくぼみがちょうど鬢《びん》に沿うようにできており、鬢付け油で固めた髪の乱れを直すことができた。他にも先で頭の痒《かゆ》いところを刺激するといった使い道もあった。

「いや、拙者北町奉行所内与力の城見亨と申す。主どのにお会いしたい」

「町奉行所のお役人さまでございましたか。おみそれをいたしました。しばし、お待ちくださいませ。今、主に伝えて参りまする」

日本橋に店を構えるほどである。奉公人のしつけはよくできていた。ていねいな応対をした若い奉公人が、店の奥へ入っていった。

「……これは、これは」

しばらくしてにこやかな笑顔を張り付けた初老の主が店へ出てきた。

「当家の主、佐川屋嘉兵衛《さがわやかへえ》でございまする」

「北町奉行所内与力、城見亨と申す」

あらためて二人が名乗り合った。

「ご用件は、なかでお伺いいたしましょう」

佐川屋嘉兵衛が、亨を奥へと誘《いざな》った。

客が出入りする店で、町奉行所の役人と話をするわけにはいかなかった。店にとってつごうの悪い話のときに困るのだ。

「客から訴えがあった。こちらでは椿《つばき》の鬢付け油と言いながら、混ぜものをくわえているそうだな」

などと店先で言われたら、あっという間に信用失墜、店から客足が消える。

「お願いしよう」

亨は従った。

「狭いところでございまするが」

主が案内したのは、店から入ってすぐにある客間であった。

「いや」

六畳ほどと広いわけではないが、置かれている調度品や掛け軸などは、素人の亨にもわかるほど金のかかったものばかりであった。

「本日はようこそのお見えでございまする」

下座に腰を据えた佐川屋嘉兵衛が歓迎の挨拶をしつつ、話をうながした。

「忙しいところ邪魔をする。少し訊かせていただきたいことがあって参った」

「わたくしどもに、お訊きになりたいことが……わかりましょうか」

佐川屋嘉兵衛が不安そうな顔をした。

「こちらでも町奉行所に出入りをしておられるか」

「……はい。わたくしどもは、南町奉行所さまとおつきあいをいただいておりまする」

少し探るような目で亨を見た佐川屋嘉兵衛が答えた。

「南町でござったか」

「北町へ移れとのお話でございましたら、申しわけございませんが、お断りをさせていただきまする」

　確かめるような亨に、はっきりと佐川屋嘉兵衛が拒んだ。

「ああ、そのつもりはござらぬ」

　亨は手を振った。

「では、なんでございましょう」

　佐川屋嘉兵衛が首をかしげた。

「本題ではないが、南町から北町へ、北町から南町へと出入りを変えることはままあるのか」

　感じた疑問を亨は口にした。

「そうそうはございません。わたくしどもは店をこちらに構えさせていただいてから、代々南町さまとおつきあいを願っておりまする」

　まず、佐川屋嘉兵衛が私は違うと前置きした。

「なるほどの」

　亨は納得した顔をした。

「出入りについて、止めようと考えたことはござらぬか」

「とんでもないことでございまする。出入りは、商売をしていくうえで必須でございまする」

「しかしだな。毎年、いや、節季ごとに金が要るのであろう」

強く否定した佐川屋嘉兵衛に、亨は金のことを口にした。

「無駄な金だとは」

「失礼ながら、まことに町奉行所のお方でございまするか」

佐川屋嘉兵衛が不審の目で亨を見た。

「出入りを止めろなどと言われるはずは……」

「まことに北町奉行所の者だ。とはいっても町奉行の家臣で……」

亨は内与力の説明をした。

「そのようなお役目が。いえ、内与力さまは初めてでございました。いつもは与力さまがお出ででございますので」

なんとか佐川屋嘉兵衛の疑いは晴れた。

「しかし、そのようなお話でございましたら、わたくしでは及びかねまする。どうぞ、他のお店へお出でを」

佐川屋嘉兵衛が出ていってくれと婉曲《えんきょく》に言った。

「……邪魔をしたな」

成果もなく亨は佐川屋を後にした。

二

「城見はんやおまへんか」

すごすごと北町奉行所へ戻ろうとしている亨に聞き慣れた声が掛けられた。

「……西どの」

亨は足を止めた。

「嫌やわ。そんな他人行儀な。咲江って呼んでおくれやす」

「そういうわけにはいくまい。他家の娘御を下の名前で呼ぶなど、誤解を受けても困りましょう」

「誤解してもらいたいねんけど」

咲江が笑った。

「なにを」

「それより浮かない顔してはりますけど、なにかおましたん」

言いかけた亨に咲江が言葉をかぶせた。

「…………」

亨は黙った。

「女に御用のお話はわからへんとお思いですか。そんなことおまへんで。とくに町方のことなれば、城見はんより、あたしのほうがよく知ってます」

「そんなことはなかろう」

さすがに女からそう言われては、亨の立つ瀬がなかった。

「城見はんは、大坂町奉行所の取次を入れても、町方経験足かけ二年ですやろ。あたしは生まれてから今まで、ずっと町方の娘でっせ」

咲江が胸を張った。

「たしかに……」

言われて亨は腑《ふ》に落ちてしまった。

「決して他には漏らしまへん。というか、漏らそうとしても、江戸に知り合いいてまへんし」

　咲江がうながした。

「江戸に知り合いがいない……先日、江戸に出店があると聞いたが」

「出店の皆にそんな話をしまへん」

　思い出した亨に咲江が述べた。

「さあ、聞かせておくれやす」

　咲江が急かした。

「出入りについてだが、おわかりになるのか」

　亨は尋ねた。

「よう知ってますえ。大坂の実家《さと》も出入り先をいくつか持ってましたし」

「西どののお父上は諸色方でござったからな」

　物価を統制する諸色方は、商人にとってなにより敵に回したくない相手であった。

「秋には値が上がるだろう。安い間に買い占めて、高くなったら売ろう」

「春先には安くなるはずだ。今のうちに売っておこう」

　商売の基本は安く買って高く売る。商人は人の動き、天候の変化を読んで、先を見抜いて儲けを稼ぐ。

「昨今のこれは高値にすぎる。これ以上の値は許されぬ」

「これ以上下がるようでは、百姓がやっていけぬ。いくらいくら以下での取引を禁止する」

その思惑を諸色方は覆せた。

幕府の出す令が、すべてに優るからこそ認められるものとはいえ、商人にとっては死活問題になる。

「秋ごろ、なにか高値禁止令が出ましょうか」

「最近、何々が余っておるようでございますが、御上は幾らぐらいが適正な値とお考えでしょうや」

大坂商人は、大損しないようにあらかじめ諸色方に探りを入れる。

「そうよなあ」

当たり前の話だが、直截《ちょくせつ》になにがどうなるとは言えない。

「儲けすぎはよくないの」

これは値段を統制して上限を設けるとの意味であり、

「百姓が難儀しては困る。百姓こそ、国の根本だ」

あまり買いたたいてやるなという忠告である。

「心いたしまする」

諸色方から聞いた商人たちは、その話を独占する。いつどのていどの統制がなされるかはわからなくても、あると知っているだけで有利になる。

もちろん、諸色方もただでは話をしない。

金をくれる相手にしか、情報を漏らさない。

「なにとぞ、お教えを」

「あいにくお奉行さまのお心次第であるからの。儂では思いも及ばぬわ」

小判を持参して、一度だけのつきあいですまそうとする商人には冷たい。これは不特定の者たちに情報を撒《ま》きすぎると貴重さが失われ、その価値が下がるからだ。

「あの諸色方は、誰にでも話す」

そう思われれば、独占をもくろむ商人たちが逃げていく。商人ほど潮目を読むのに長《た》けた者もいない。

あっという間に、その諸色方からは出入りがいなくなる。

なにせ大坂に代々根付いているうえ、相手が天下の台所で生き残ってきた商人なのだ。諸色方は一筋縄で務まる役目ではなかった。

「……父のところの出入りは、もう何代も続いておりますえ」

咲江が述べた。

「新規の出入りはござらぬのか」

「ここ数年は、おまへんなあ」

訊かれた咲江が首を左右に振った。

「出入りを止めた者は」

「……何人か」

咲江の口が重くなった。

「どうして止めていくのだろうか。出入りにはそうそうなれぬのであろう」

「諸色方はいろいろと厳しゅうおますので、そう簡単に懐へ入れるわけにはいきまへんねん」

「大坂の物価をどうするかを取り仕切っておられれば、当然だな」

今度なにに規制がかかるか先にわかれば、市場を支配できる。うかつな者に、これを教えてしまえば、大坂は大混乱に陥る。

儲けを考えながらも、町の発展を考えている代々大坂で商いをしている者にとって、市場の混乱はまずい。

「出入りを止めるのは……店が左前になったお方で」

「店が潰れる」

「潰れたお方や、夜逃げされたお人は、すぐにわかります。そういったお方は、こちらから申しあげることなく、消えていかれます」

商人の血を引く咲江である。口調が重くなった。

「問題は、潰れかけたお方はん」

「潰れかけたということは、出入りをするだけの金がない」

亨が確認した。

「それもおますけど、あかんのは損を一気に取り返そうとして、無理をしはるんですわ。父から話を聞いて、それに合わせて相場張られるくらいやったらまだよろしいねんけど……」

咲江が露骨に顔をゆがめた。

「相場の逆張りを周囲に勧める」

「逆張りとはなんだ」

聞いたことのない言葉に、亨は首をかしげた。

「こうなるやろうという動きとは逆に金を遣わせますねん。たとえば、秋に今年は米が獲れすぎて値段が下がると読んでいながら、今年は凶作やから米が上がると触れて回る。そうなればどうなると思わはります」

咲江が訊いてきた。

「米を抱えている者は、秋の値上げを見こして売り渋る」

「そうです。米屋がみんな売り渋れば、米の値段は上がります。そこで手持ちの米を売り抜く。多少高くなっても、大坂から米が消えたようなときでっせ。皆、争うように買《こ》うてくれます。噂を流す前に仕入れていた米は倍以上の値で売れる。大儲けでんな」

「騙された米屋はどうなる」

亨が問うた。

「豊作で暴落した米の相場に、抱えている在庫。まっ青ですわ。去年の米は、新米が出たらもともと値下がりするもんでっせ。その去年の米を大量に抱えている」

「とはいえ、米は絶対に要るものだ。多少の損を覚悟すれば、売れるだろう」

大坂は米を喰う。江戸のように奉公人は麦飯といった差別はしない。大坂で消費される米は膨大な数字になった。

「米の売り渋りをしたとわかっている米屋から、誰が買いますかいな」

冷たく咲江が切って捨てた。

「生きていくのに米は絶対要るもんでっせ。それを儲けのために売らなかった。皆、怒りますわ」

「しかしだな、大坂は商いの都であろう。金儲けのためにはなにをしてもいいと……」

「大坂をなめんとっておくれやす」

亨に咲江が声をかぶせた。

「金は大事です。金がなかったら米も買えないし、家も借りられへん。しゃあけど、やってええことと悪いことがおますねん。商人同士やったら、なんぼ騙してもよろしい。金は商人にとって、刀と同じ武器。戦いはどうやっても、勝った者が正しい。

刀と槍しか持ってへん武田勝頼はんに、鉄炮《てっぽう》を向けた織田信長はんは卑怯《ひきょう》やおまへんやろ」

「それは当然だ。戦いは勝たねばならぬ」

「その辺を歩いてる庶民に、理由もなく刀を抜いてもよろしいのん、江戸は」

「駄目に決まっている」

咲江の言いぶんを亨は否定した。

「商売も同じですねん。関係のないお方を巻きこんだらあかんのです。米が上がるからと売り渋ったら、当然その報いは受けまっせ」

一度咲江が口を閉じ、亨を見た。

「……城見はん、庶民が金持ちの商人を相手にする手立てが、一つだけありますねん」

「庶民が金持ちを……」

金は力である。大坂だけでなく、江戸でも亨は身に染みている。亨は咲江の答えを待った。

「そこでものを買わへん」

「えっ……」

あまりに普通のことに、亨は唖然とした。

「当たり前やとがっかりしはった」

亨の表情に咲江が指摘した。

「しゃあけど、これしかおまへんねん。金に立ち向かうには数しかおまへんから」

「数か……」

亨は理解した。

「米を満足に買えなかった庶民が、そろってその店へ行かなくなる。一回一升、二升の小商いでも、千人集まれば……ええと百升で一石やから……」

「十石でござる」

計算しだした咲江に、亨が告げた。

「さすがや。あっちゅう間に答え出してはる」

咲江が亨を尊敬の目で見た。

「そ、それほどたいしたことではござらぬ」

亨が照れた。

「まあ、一年で万石扱う米屋にしてみれば、十石なんてたいした数やおまへんけど、これって十日ほどの値ですよって、一年にすると四百石近くなりますやろ」

「三百六十石だの」

数字を亨は訂正した。

「あかん。話がずれました」

ちらと亨を睨んだ咲江が話を戻した。

「大坂での出入りは、そんなもんです。そうそう出入りにもなれまへんし、一回の金で町奉行所の役人は傾きまへん。お裁きのときは別ですけど」

「お裁きも金で……」

「もちろん、庶民同士のもめ事の仲裁のときだけでっせ。金を積まれたからというて、下手人を百叩きですませたり、なにもなしで逃がしたりはしまへん」

咲江が強く否定した。

「商い取引での損得や、土地の境界のもめ事だけでっせ」

「それでも駄目だろう」

堂々と言った咲江に、亨があきれた。

「なに言うてはりますねん。その手のことはどっちが正しいとか、両方が納得するというような答えはおまへん。お互いが正しいと言い張りますねんで。これやっちゅう証でもない限り、どないやっても不満は出ます。なら、金くれたほうの勝ちにしてしまえばよろしいねん」

「いや、駄目だろう」

亨は首を横に振った。

「どっちも退きまへん。延々と十年以上争っても結末が出ないほうがええと」

「それは……」

「一つのことに町奉行所の手が取られて、他のことが滞っても……」

「わかった、わかった」

口で咲江には勝てない。亨は手をあげた。

「大坂の出入りとは、こういうもんです」

咲江がなぜか胸を張った。

「…………」

小柄な身の丈に似合わない胸の膨らみが強調され、亨は目をそらした。

「申しわけないですけど、江戸の出入りは、よう知りまへん」

「無理もない」

自慢げな様子から一転して申しわけなさそうな顔をした咲江に、亨は気にしなくていいと首を横に振った。

「では、これで」

「話訊いてみましょうか」

別れを告げようとした亨を、咲江が制した。

「話を……誰に訊くと」

背を向けかけた亨が止まった。

「西海屋の出店やおまへん。出店は番頭が預かってますよってな。商売以外のことは全部大坂に聞き合わせなあきまへん。それでは面倒ですやろ」

「……たしかに」

露骨に面倒とは言えないが、実際亨は成果を急いでいた。

「播磨屋へ行きまひょ」

咲江が誘った。

「播磨屋といえば、酒問屋の」

「そうです。あたしのおばあはんの実家ですわ」

「おばあさんの弟どのが、主であったかの」

大店とはいえ、相手は町人である。陪臣とはいえ亭のほうが上になる。敬称をつけなくてもよいのだが、咲江の親族ということで亭は敬意を表した。

「播磨屋は、日本橋で三代続く老舗。出入りもしてますやろ」

いかに親族とはいえ、実際に会ったのはつい先日のことである。咲江も自信はなかった。

「かまわぬのか。いきなり押しかけて」

「大事おまへんって。大店の主なんて、大口の取引先か、お大名の用人さまでも来はれへん限り、用なんぞないも同然」

問題ないと咲江が保証した。

「しかし……いや、お願いしよう」

一度断ろうかと考えた亭だったが、打開策がなにもないのだ。少しでも手掛かりになればと、咲江の誘いに甘えた。

「ほな、こっちへ」

うれしそうに咲江が先に立った。

三

播磨屋は上方の酒を扱っている。下り酒と呼ばれる灘《なだ》の銘酒は、江戸での人気が高い。さすがに職人が仕事終わりに一杯と立ち寄る煮売り屋や屋台ではお目にかかれないが、ちょっとした料理屋では灘の酒があるかどうかで格式が変わるほど貴重なものとして扱われていた。

「五斗樽二十、たしかに受け取りました」

「ありがとうさんで。では、また来月」

樽の受け渡しを終えた船頭が、頭を下げた。

「船の旅は、なにがあるかわからないからね。気を付けてくださいよ」

播磨屋伊右衛門が船頭をねぎらった。

「これは厄落としだ。皆で飲んでおくれ」

懐から二分金を二枚取り出して播磨屋伊右衛門が船頭に渡した。

「こんなに。ありがとうござんす」

船頭が喜んだ。

「大叔父はん」

「咲江か。お帰り。今日は早かったね」

商売人の顔を一気に、播磨屋伊右衛門が好々爺《こうこうや》に変えた。

「お客はんをお連れしたんやけど、ええ」

咲江が訊いた。

「お客さま……もちろんかまわないけど、どちらさまだい」

播磨屋伊右衛門が首をかしげた。

「北町奉行所、内与力の城見さまやねん」

「城見さま……そのお方は、おまえさんが」

「大叔父はん」

先を続けようとした播磨屋伊右衛門を咲江が止めた。

「そうかい。そうかい」

咲江の顔が赤くなったのを見た播磨屋伊右衛門がほほえんだ。

「もう、かなんなあ。こちらが城見さま」

頬を押さえながら咲江が、亨を紹介した。

「これはご無礼を。道ばたでご挨拶もなんでございまする。どうぞ、奥へ」

播磨屋伊右衛門が、頭を垂れた。

「不意の訪問、申しわけない。感謝する」

一礼を返して、亨が播磨屋伊右衛門の後に従った。

播磨屋の客間は立派なものであった。

「…………」

十二畳という広さもさることながら、茶の会にも使えるよう炉が切られており、床の間には見事な書がかけられていた。

「ようこそお出でくださいました。播磨屋伊右衛門でございまする」

下座で播磨屋伊右衛門が手を突いた。

「北町奉行所内与力の城見亨でござる。以後、見知りおいていただきたい」

ていねいに亨は応じた。

「なにやら咲江が無理を申しましたか」

播磨屋伊右衛門がすまなそうな顔をした。

「いや、こちらからお願いしたのだ」

「ほう……」

少し目を大きくした播磨屋伊右衛門が、咲江を見た。

「いややわ。そんなん違うし。まだ早いやんかあ」

咲江がふたたび照れた。

「播磨屋どの」

「なんでございましょう」

亨から呼ばれた播磨屋伊右衛門が、咲江から目を離した。

「出入りについてお教えいただきたい」

亨は直截に求めた。

「……出入りでございますか」

ちらと播磨屋伊右衛門が、咲江を見た。

「うちの知っている話は全部したんやけど、上方のことやし。江戸の出入りはまったく知らんから、大叔父はんに訊いたらどうやろうかと、お誘いしたんやわ」

咲江が説明した。

「お誘いする前に、話をして欲しいな」

播磨屋伊右衛門が苦笑した。

「やはりご迷惑であったか」

亨が恐縮した。

「いやいや、迷惑ではございません。城見さまをお迎えするには、それだけの用意をしたかったと、咲江に注意をしているだけでございまする」

にこやかに笑いながら、播磨屋伊右衛門が首を横に振った。

「それならばよいが……」

まだ亨は気兼ねを感じていた。

「咲江、お茶の用意をね」

「はい」

言われて咲江が客間から出ていった。

「さて、あらためまして、出入りのなにをお訊きになりたいのでございましょう」

播磨屋伊右衛門が真剣な顔をした。

「出入りとは、商家にとってどういうものなのであろう」

まず根本から亨は問うた。

「難しいことを」

播磨屋伊右衛門が困惑した。

「ではなぜ、播磨屋どのは出入りを」

亨が質問を変えた。

「なぜと言われましても……わたくしとしては、父から引き継いだとしか申せませぬ」

少しだけ困惑をしながら、播磨屋伊右衛門が答えた。

「むうう」

亨はうなった。

「どちらに出入りか」

「わたくしどもは、北町の与力波田《はだ》さまにおつきあいをいただいておりまする」

「波田どの……」

まだ北町奉行所に移って日が浅い。亨は一瞬思い当たらなかった。

「今代の波田さまは、非常掛かりをお務めでございまする」

播磨屋伊右衛門が言った。

非常掛かりとは、与力八人、同心十六人で相務めるもので、市中の治安を担当した。昼夜の町廻りを主たる任務とし、火事場へも出動した。

「非常掛かり。なるほど」

商家としては、もっともありがたいのが非常掛かりである。

与力が同心、小者を連れて巡回するのだ。同心や小者である御用聞きにとって与力の前で、己の能力を見せつける好機だけに、張りきっている。盗人や無頼を見つければ、かならず追いかける。普段なら目こぼしされるていどのもめ事でも、しっかりとかかわってきた。

「非常掛かりさまが巡回してくださるだけで、怪しい連中は近づいて参りませんから」

播磨屋伊右衛門が述べた。

「やはり出入りの店は」

「……………」

大事に見回ってもらえるのかという意味での問いかけに、播磨屋伊右衛門が無言でうなずいた。

「おかげで、うちは代々一度も盗賊に遭っておりませぬ」

「ちと教えていただきたい。波田どのは非常掛かりであろうが、いつ他の掛かりに移られるかも知れぬであろう。たとえば波田どのが吟味方になられたとしたら、そのときはどうなるのだ」

与力も宮仕えである。出世、降格などで掛かりを変わることはままある。

「そのときは後任のお方をご紹介いただきまする。代々のお出入りほどのご挨拶はいたしませんが……」

払う金は少ないが、もう一人にも付け届けをすると播磨屋伊右衛門が述べた。

「ふむ。では、異動があるごとに支払う相手が増えていかぬか」

亨はもう一つの疑問を口にした。

「いえ、その新しいお方が他に異動されたら、次の方に移すだけで」

「役目の切れ目が縁の切れ目……」

「露骨に言えば、そうなりまする。もっとも新しいお方が、かなりよいお方であれば今後のおつきあいというときもございまする」

「人柄を買うということでござるな」

「はい」

播磨屋伊右衛門がうなずいた。

「それも出入りと」

「出入りと言えるかどうか」

確かめた亨に、播磨屋伊右衛門が困った顔をした。

「露骨ですまぬが、金を渡しておるのだろう」

「たしかにそうですが……出入りは町奉行所に届け出ますするが、これは違いまして」

播磨屋伊右衛門が言いにくそうにした。

「出入りは届ける……」

知らないと亨は目を剝いた。

「ご存じではございませんでしたか」

不思議そうに播磨屋伊右衛門が、亭を見た。

「そんなん城見さま知ってはるはずないやん」

そこへお茶を提げた咲江と播磨屋伊右衛門の妻糸が来た。

「お奉行所のお方だろう」

播磨屋伊右衛門が驚いた。

「そうやねんけど、まだ城見さまは内与力にならはったばっかりで、奉行所の習慣とかはわかってはれへん」

咲江が亭の前に茶を置きながら話した。

「そやから、大叔父はんの話を聞きに来たんや」

「なるほど」

播磨屋伊右衛門が納得した。

「出入りの金は波田さまにお渡しするのではございません。波田さまのもとへ持参はいたしますが、それを町奉行所のお偉い与力さまのもとへ集めるので」

説明を播磨屋伊右衛門が開始した。

「全員の出入り金をでござるか」

亨は目を剝いた。

「はい。かなりの金額になりましょうな」

「集めてどうするのでござる」

与力、同心全員分である。かなりな金額になった。

「奉行所の皆さままで分けるのでございますよ」

「えっ」

予想外の答えに、亨は唖然とした。

「役職や経歴で金額は違いますが、まあ、偉い方からたくさん取られるんでしょうなあ」

「なぜ、そんな形に……」

亨は理解できなかった。

「おわかりではございませんか」

播磨屋伊右衛門が不思議そうな顔をした。

「恥ずかしい」

亨が頭を垂れた。

「お方に代わられても続きますか」

急いで播磨屋伊右衛門が手を振った。

「出入りは家に付きます。親御さんが引退されて若いお方に代わられても続きます。見習いと変わらない相手に金を払ってもあまり効果はございません。かといって、引退のたびに出入りを変えていたら、変節やと嫌われまする」

「それはそうでござるな」

若い跡継ぎにしてみれば、出入りをあっさりと変えられてはいい気はしない。

「それをしても、将来やり返されるだけで」

播磨屋伊右衛門の言うのも正しかった。若いからと切られた。恥を掻かされたのも同然である。出入りを移された与力なり同心なりが憤慨するのも無理はない。そのとき文句を言おうにも、移された相手は先達になる。そこへ苦情を申し立てることはできない。下手をすれば、うるさい小わっぱだと嫌われ、出世に響きかねない。

だが、今は若い成り立て与力や同心でも二十年ほどすれば、十分な経験を積んだ奉行所でもやり手の一人になる。そして、出入り先を奪った形になる先達は、隠居しているかも知れない。

「またよろしくお願いを」

そうなってから、また出入りをなどと申し出ても相手にされない。

「いや、拙者まだ未熟。何々屋どのにご挨拶をいただけるほどの身代《しんだい》ではござらぬゆえ、ご遠慮いたそう」

皮肉で追い返されるならまだいい。

「今さらなんだ。あのとき、拙者がどれだけ悔しかったか。二度と顔を出すな。子々孫々まで出入りは許さぬ」

罵られて放り出されるのが普通である。

「悪いの。何々どのには逆らえぬでな」

そうなれば、他の与力、同心も冷たい。

出入り先に恥を掻かせた商人は、二度と町方役人とのつきあいができなくなる。

「町方のお役人さまも人でございますな」

播磨屋伊右衛門が、町方役人も感情で動くと告げた。

「では、商家から出入りを止めてもらうというのは……」

「無理でございまする。商家にとって店が大事。町方役人さまとのおつきあいは止められませぬ」

はっきりと播磨屋伊右衛門が首を左右に振った。

「金を払う店だけを護るというのは、町方の理に合わぬであろう。金をくれている、くれないは別にして、江戸の治安は町方の役目だ」

正論を亨は口にした。

「今の百倍、町方のお役人さまがいてくださるならば、それもできましょうが……手が足りなさすぎまする」

播磨屋伊右衛門が否定した。

「少なすぎる……」

これこそ正論であった。

「町方役人も人だと申しました。同時に二軒の店から無頼が暴れております。なんとかお願いをと報せがあったとして、動けるお役人がお一人しかいなかった。さて、一軒は出入り、もう一軒は違う。どちらに駆けつけてくださるとお考えで」

厳しい声で、播磨屋伊右衛門が亨に問いかけた。

「……金をくれているほうでござろう」

亨は認めた。

「おわかりいただけましたようで」

播磨屋伊右衛門が声音を戻した。

「かたじけなかった。後日、あらためてご挨拶に参りまする。今日はこれで」

深々と礼をした亨は力なく立ちあがった。

「城見はん」

「咲江。控えなさい」

後を追おうとした咲江を、播磨屋伊右衛門が強く制した。

「大叔父はん……」

初めて聞く播磨屋伊右衛門の険しい口調に咲江が戸惑った。

「今はお一人にしてあげなさい。男がすがりたいときに胸を与え、一人になりたいときは黙って背中を見送る。それが男に惚れられる女だよ」

播磨屋伊右衛門が咲江の肩に手を置いた。

「大叔母はん……」

咲江が糸を見た。

「…………」

無言で糸がほほえんだ。

「わかったわ」

咲江がため息を吐いた。

「せっかくのお茶、城見はんのぶんは、あたしが飲むし」

亭の後に咲江が座った。

四

「……ふうう」

咲江が亭の残した茶を口にした。

「どれ、わたしもいただこう。喋りすぎて喉が渇いたの」

播磨屋伊右衛門も湯飲みを持ちあげた。

「咲江、あのお方なんだろう。おまえが大坂から追ってきたというお方は」

「うん」

確かめる播磨屋伊右衛門に、子供のように咲江が首肯した。

「今どきの御武家さまとは思えないほどまっすぐなお方とお見受けしたが……失礼ながら町方役人が務まるとは思えないよ。世間をもっと知らなければいけない」

大丈夫なのかという目を播磨屋伊右衛門が咲江に向けた。

「そこがええねん。すれた人なら大坂になんぼでもいてはるし」

咲江が湯飲みを置いた。

「大坂にいてたら、いずれはこすっからい役人か、金儲けのためにうちのお父はんと繋がりたい商人のところへ嫁に行かなあかんやん」

「…………」

「うちかて武家の娘や。家のために嫁ぐ覚悟くらいはあるし、お父はんが諸色方同心をしているおかげで、贅沢もさせてもろうた」

状況はわかっていると咲江は言った。

「大坂町方同心の家に生まれた女の宿命……」

播磨屋伊右衛門が呟いた。

「それって、絶対なんですの」

糸が口に出した。

「商人の子供は商人。武士の子供は武士……」

播磨屋伊右衛門が目を閉じた。

「大坂は、そのあたりがあいまいなんやけどね」

咲江が湯飲みをいじくった。

「そのあいまいさが江戸にも影響してきている」

独り言のように播磨屋伊右衛門が口にした。

「株……」

咲江が播磨屋伊右衛門を見た。

「江戸でも株の売り買いが激しくなっている」

「株って商家の同業の」

二人だけで納得している播磨屋伊右衛門と咲江に糸がつまはじきにされているとばかりに、口を挟んだ。

糸の言った株とは、同じ業種の商売人が己たちの既得権益を守るために作ったもので、幕府から公式に認められている。株仲間に入らないと、その商売に加わることができない、あるいはかなり不利な条件に耐えなければならなかった。

「糸は知らないか」

「大叔母はんは、清いお方やなあ」

播磨屋伊右衛門と咲江が顔を見合わせた。

「なんですの。わたくしが世間知らずだとでも」

糸が眉を吊り上げた。

「すまぬな」

「勘弁や」

二人が詫びた。

「株というのはな、お旗本の身分のことだ」

播磨屋伊右衛門が語り始めた。

「お旗本さまの身分を売り買いするなんて……」

糸が驚愕した。

江戸は武家の町である。武家が中心にあり、それを幕府が固めている。武家と商人の間には大きな差があった。

たとえ十万両を蓄えている商人といえども、三十俵の御家人の前では頭を垂れなければならない。百両を貸している両替商でも、借財をしている武家に気を使わねばならない。

それが身分、格というものである。

その格を揺るがすのが、株の売り買いであった。

「お旗本が貧乏だとは、糸も知っておろう」

「それくらいは」

夫の言葉に、糸がうなずいた。

「皆さん、禄よりもはるかに多い借財を重ねている。まあ、石取りのお旗本さまなら石高の三倍、禄米取りの御家人さんなら五年ぶんくらいまでなら、まだどうにかなる。というか、貸しているほうが、待ってあげられる。なにせお相手は幕府のお旗本さま、御家人さんだからね。潰れることはまずない。利子ぶんだけでも返してもらえれば、まあ十年ほどで元金は戻るし。ただ、その金額をこえると、利子さえ払えなくなる。禄すべてを借金のために差し出すわけにはいかないだろう。食べていかなきゃいけないからね」

「はい」

　武家の禄は基本食費である。禄や納められた年貢、そこから家族と使用人が一年喰えるだけの米を差し引き、残りを売って衣住などに宛てる。人一人が一年で消費する米はおよそ一石とされている。同心の三十俵二人扶持は換算すれば一年に十二両ほどになる。もし、家族が十二人いたら、食べるだけで禄は消え、その他は何一つ買えない計算になった。

「自家消費するぶんを差し引いた残りが、利子に及ばなくなったとたん、金を貸した連中は冷たくなる。返済不能の証だから」

「算盤を置かなくてもわかる勘定や。それくらい大坂やったら五歳の子でもできるわ」

　咲江が口を挟んだ。

「それができないんだよ、お武家さまというのはね」

　播磨屋伊右衛門が小さく息を吐いた。

「もともと借財をするくらいだから、売れるものなどそうそうはない。重代の家宝などとっくの昔に金に換えている。残るは娘さまくらいだろうね。実際、吉原には旗本のお姫さまが結構身を沈ませているそうだよ」

「大坂でも新町《しんまち》に何人もいてはったわ」

同じ女の身である。金で身体を買われる辛さは、咲江にも想像できた。

「さて、それでも借財はなくならない。こうなったら一家心中しかない。しかし、お武家さまにとって家名はなにがあっても残さなければならない。裕福なお旗本や諸大名の家中から持参金付きで養子や婿を迎えられた家は幸せだけど、それもできないような家……はっきり言えば、そこまでするほどの禄や領地のない貧乏なところがね」

一度播磨屋伊右衛門が茶で口を湿した。

「誰も助けの手をさしのべない」

江戸でも指折りの大店の娘として育ち、播磨屋へ嫁いできた糸である。苦労などしたこともない。苦労を知らない者は、他人の悲劇に優しい。糸が辛そうな顔をした。

「共倒れするわけにはいかないからね。金を貸した商人にも家族はあるし、奉公人もいる。かわいそうだで許していたら、そっちがやっていけなくなるよ」

ほんの少しだけ、播磨屋伊右衛門が非難を口調にこめた。

「……………」

長年連れ添った夫婦である。夫の声になにが含まれているかは、すぐに知れる。

糸がうつむいた。

「だが、そんなお旗本さまや御家人さんにも金になるものは残っている。最後に残った財産。それが武家の身分だ」

「身分を売る……」

ふたたび糸が息を呑んだ。

「先ほども言ったね。商人はどれだけ裕福になっても武士の上には行けない。厳しいことを言えば、同じ座敷に席を設けるのも許されない。これを不快だと思っている商人は多い。しかし、身分は幕府が決めた規範。それを破るわけにはいかない。下手をすれば分不相応という罪とも言えないもので咎めを受けて、店を潰されてしまう」

八代将軍吉宗が倹約を奨励して以来、幕府はたびたび贅沢禁止令を出していた。

本来は武家の贅沢を禁じ、禄での生活を推奨し、借財をしないようにとのものだが、法令というのは、特定の身分や人物限定ではない。当然、商人、職人、百姓にも効力は及ぶ。

商人のほとんどはものを売り買いして利を生み、それで生活している。

当たり前のことだが、米や麦、野菜や魚、衣服などの生活必需品だけを商っているわけではない。衣服のなかでも絹を原料にていねいに織り、見事な染めをほどこした一枚が数十両するような高価なものや、べっ甲でできた櫛笄などの贅沢品を商品にしている店もある。贅沢を禁じられては、それらの店が潰れてしまう。

他にも倹約を言い張れば、ものは売れなくなる。ものが売れなくなれば、新規商品は不要になり、職人の仕事が減る。職人の仕事が減れば、弟子を養う余裕がなくなり、百姓の次男、三男の行き場が少なくなる。家を出られない跡継ぎ以外を抱えこんだ百姓は、食い扶持が減り、生産力を落とす。

結果、年貢が減り、武家の収入にも響く。

「浪費に等しい贅沢を引き締め、無駄をなくす。これは政の方向として正しい。だが、なんでもかんでももったいない、倹約こそ美というのは、まちがいなんだけどね。それを政をなさるお武家さまはわかっておられない。天下は金が回ってこそ動くということに」

播磨屋伊右衛門が眉をひそめた。

「おっと政批判は、重罪だ」

おどけて播磨屋伊右衛門が話を戻した。

「武士になれば、算盤もできない連中に頭を下げなくていい。あるいは、子供は武士にしてやりたいと思う庶民にとって、いかに貧乏でも武家の身分は欲しい」

「それで……」

「ああ。身分を買うことを株を買うと言い換えているだけだよ。身分を売るしかないところまで落ちたお旗本や御家人さんの養子となって、借財を肩代わりする。武士にしてみればとんでもない借財でも、ちょっとした商家なら一度に返せるというのはままある。さすがに養子になったとたん、放り出して後は知らないでは世間体が悪いから、もとのお旗本さまたちには、小さなしもたやでも用意して、月に一両か二両の生活費を払う。この手が多いね」

播磨屋伊右衛門が説明を終えた。

「もちろん、御法度だよ。見つかれば御家は断絶、売った当主は切腹、買ったほうは遠島闕所《けっしょ》と重く罰せられる」

最後に播磨屋伊右衛門が付けくわえた。

「それが増えてると、大叔父はんは言わはる」

咲江が問うた。

「増えてるね。聞けば驚くような名門のお旗本さまが、日本橋の大店の末息子さんというのもある。商家の娘を嫁になさっているお旗本さまは数えきれないくらいおられるよ」

「持参金目当てやん、それ」

嫌そうな顔を咲江がした。

「身も蓋《ふた》もない言いかたをすればね」

播磨屋伊右衛門が苦笑いを浮かべた。

「なんで、こんな話になったんか、よくわからへんけど……よろしゅう頼みます」

首をかしげながら咲江が、播磨屋伊右衛門に頭を下げた。

「本当にね。なにか難しい話をしてしまったけど……」

播磨屋伊右衛門も同意した。

「できるだけのことはしてあげよう。大坂から追いかけてきたその根性に敬意を表してね。だけど、店に影響が出るならば別だよ」

すっと播磨屋伊右衛門が目を真剣なものにした。

「わかってる。店に迷惑はかけへん」

咲江も表情を引き締めた。

「武家の家名、商家の暖簾、職人の銘は、命をかけて守らなあかん。あたしには、そのうち二つの血が流れてる。なにが大事かはまちがえへん」

しっかりと咲江が宣した。

五

寺社奉行松平伊賀守の家老松平典膳と用人長野は、北町奉行所の内部を調べた。

「江坂と伊藤をあしらった同心は、どうやら伊勢山田奉行所へと左遷されたようでございまする」

こういった情報は、世慣れた用人が得意とする。長野が典膳に報告した。

「ふむう」

聞いた典膳が腕を組んだ。

「どう見る、長野」

典膳が問うた。

「曲淵甲斐守さまが、こちらの事情を知って、かかわった者を処罰したと」

「そうだ。寺社奉行である主の弱みを握っておくよりも、和解したほうがよいと考えたともとれよう。町方同心を死なせるわけにはいかぬからな、江戸には二度と戻れぬであろう伊勢へ放り出した。これは町方同心としては死んだも同然」

地方勤務の同心には町方同心のような余得はまずない。収入半減どころの罰ではなかった。それを典膳は指摘した。

「違いましょう」

はっきりと長野が否定した。

「なぜそう言える」

理由を典膳が訊いた。

「江坂と伊藤から聞いておりました曲淵甲斐守さまの懐刀、内与力の城見という者には、なんの罰も与えられておりませぬ」

「内与力とはなんだ」

典膳が怪訝な顔をした。

内与力はその名の通り、町奉行に任官した者が内々に任命するものである。町奉行になりたいと考えている旗本たちは知っていても、町奉行になることのない大名家の家老では知らなくて当然であった。

「……こういうものでございまする」

「町奉行の家臣から選ばれて、町奉行所との折衝を担当するか。我らと同じ陪臣ではないか。そのていどの者が、たかが旗本の家臣が、江坂と伊藤を追い詰めた。許されぬ」

説明を受けた典膳が、吐き捨てた。

「吾が家臣を罰しない。同心は伊勢へ追いやったというに……」

典膳が憤慨した。

「同心が飛ばされたのは、我らとは別件でございましょう」

「であろうな。いわば、功績者じゃ。町奉行所へ手出しした我が殿を退ける材料を手に入れてくれたのだからな」

長野の意見を典膳が認めた。

「図に乗ったか」

「おそらくは。同心が手柄を盾に甲斐守へなにかを求めたのでは」

長野は曲淵甲斐守への敬称を捨てた。

「我ら寺社奉行のように家臣から役目を出すのではなく、町奉行は代々の役人を配下として預けられるだけじゃ。忠誠など持ち合わせておるまい」

典膳が述べた。

「目標はその城見とかいう内与力。それでよかろう。家臣のなかでも抜擢するくらいだ。甲斐守もその者を重用しているのだろう。そやつを殺すことで、当家と敵対したのがどれほど愚かな行為であったかを知らしめてくれる」

「はい」

長野がうなずいた。

「町方役人がその監督すべき江戸の城下で、無残な死に様を晒す。曲淵甲斐守の面目は丸つぶれじゃ。配下の命さえ守れぬ者に、天下の城下町の治安を預けられるはずもない」

「罷免は必須でございますな」

典膳の言いように、長野が追従した。

「役目を奪われた旗本など、我が殿がご出世なされば、どうにでもできる。老中までのぼられるのを待たずして、若年寄の段階で甲斐守を甲府送りにできる」

甲府送りとは、幕臣にとって小普請落ちよりも怖ろしいものであった。

六代将軍家宣《いえのぶ》を出したことで、甲府藩は解体、幕府直轄となった。甲府城の城門を警衛する関係から山手、追手の二組が置かれ、百名ずつの勤番士が付属した。駿河城、大坂城と同じ勤番士でありながら、小普請組から任命される者、とくに素行が不良な者ばかりであったため、二度と江戸へ戻れぬ島流しとして怖れられた。

「たしか、甲斐守の父が甲府勤番支配をしておったはずでござる」

長野が思い出した。

甲府勤番支配は、勤番士と違っていた。三千石高役料一千石で遠国奉行筆頭として、駿河城代と同格とされ、数年で江戸へ戻されてより格上の役目へと転じていった。

曲淵甲斐守の父景衡《かげひら》は甲府勤番支配の後、五十九歳で急死したため、それ以上の出世をしてはいないが、曲淵甲斐守が四十一歳で大坂西町奉行に、四十五歳で江戸町奉行に抜擢されたのには、亡父の功績がくわえられたのはたしかであった。

まさに千石から二千石の旗本にとって、曲淵甲斐守の出世は絵に描いたように見事なものであった。

役目は旗本の憧《あこが》れである。幕府には数万の旗本と御家人がいた。しかし、役目はすべての旗本、御家人に与えるほど多くはない。なれるだけで幸運な役目は、同時に旗本、御家人を護っていた。役職にある間は、支配の許しがなければたとえ老中であろうとも、旗本に罰を与えることはできなかった。簡単に言えば、勝手に咎められなかった。こいつをなんとかしようと思ったところで、支配を通じなければならないのだ。

だが、役目を失えば話は別である。無役の旗本は小普請組、あるいは寄合組へ入れられる。小普請は小普請支配の下になるが、寄合は違った。寄合は三千石以上の名門旗本、布衣《ほい》以上の役職を務めた者が配される。町奉行である曲淵甲斐守も役目を失えば、寄合になる。

「留守居支配だった寄合も、今は若年寄支配だ。殿が寺社奉行から一段あがられるだけで、若年寄。若年寄になれば配下の寄合旗本を一人くらいどうしようとも思いのままじゃ」

八代将軍吉宗の改革の一つとして、留守居の役目を奪い、配下の数を減らすというのがあった。その結果、留守居が支配していた寄合旗本は、若年寄へと移された。留守居は旗本で実務をするには家臣が足らず、幕府から付けてやらなければならなかったが、若年寄は大名で、人手は足りる。

「ふふふふ。おもしろいの。父がとりまとめていた甲府島流しに、息子がなる」

典膳が笑った。

「よき案じゃ。長野、そなたに任せるぞ」

「人を出していただけましょうや」

やれと命じられた長野が、一人ではとても手が回らないと言った。

「江戸屋敷の者は、皆、寺社奉行の役目を果たさねばならぬために動いておる」

典膳が口にした。

寺社奉行の役目にも手は要る。さらに藩を運営していく者も必須である。江戸の上屋敷、中屋敷、下屋敷に詰めている者すべてがなにかをしている状態で、余っている人材はいなかった。

「先日、国元から呼び寄せた江坂と伊藤の一族がよろしかろう」

「江坂と伊藤……あの二人は、殿に我らの思いを見せつけるために呼んだのでは……」

長野が引っかかった。

「江坂と伊藤の後始末はさせねばなるまい。二人が無事に殿の命を果たしておれば、このような面倒をしなくてもすんだのだぞ」

典膳の表情が冷たいものになった。

「なにもせずに放置しておくと、藩にひびが入る。ゆえに儂が手を出した。儂は一門である。一門は本家を護るためにある。藩が揺らがぬように動いた。つまり、江坂と伊藤は藩を揺るがしたのだ。その責は取らさねばならぬ」

「…………」

冷徹な施政者の姿を見せた典膳に、長野は言葉を失った。

「殿の尻ぬぐいを一門家老の儂がしたのだ。江坂と伊藤の一族にも同じことをさせねば、両成敗とは言えまい」

「……ではそのように」

一礼した長野が逃げるように去っていった。

「まだまだ甘いな」

その後ろ姿に、典膳が醒めた目を向けた。


播磨屋伊右衛門から聞かされた出入りの根の深さに、亨は愕然としていた。

「急がねば……」

だからといって悄然《しょうぜん》と立ち止まるわけにはいかなかった。

すでに正午をかなり過ぎている。江戸城にのぼっていた曲淵甲斐守が、北町奉行所へ戻ってくる。

「お迎えをいたさねば」

内与力は、町奉行の家臣である。主君の帰還を出迎えるのも重要な役目であった。

「間に合った」

役宅門を潜った亨は、まだ行列が帰っていないことにほっとした。

「城見」

内玄関へ回った亨の目の前に吟味方筆頭内与力の藤井が立っていた。

「藤井さま」

「なにをしていた。お奉行さまのお迎えを忘れていたのではなかろうな」

藤井が亨を叱った。

「お奉行さまのご指示で、町屋へ出かけておりました」

「どのような用件じゃ」

答えた亨に、藤井がさらに訊いてきた。

「それはご容赦をいただきますよう」

話せないと亨は拒んだ。

「儂は吟味方を預けられておる。そなたは儂の配下でもあるのだぞ」

藤井が迫った。

「承知いたしてはおりまするが、お奉行さまより直々のお指図でございまする。お奉行さまのお許しなく、余人に漏らすわけにはまいりませぬ」

亨は屈しなかった。

「城見、そなたはわかっておるのか。町奉行という役目がどれだけの激務か」

「わかっておるつもりでございまする」

藤井の言葉に、亨は応じた。

「そなたの報告に、お奉行さまのお手間を取るほどの価値があるかどうか、あらかじめ確認しておかねばならぬ。お奉行さまのお耳に入れねばならぬものを、阻害する気はない。しかし、そなたの話に、お奉行さまのお手を止めるほどの価値がなければ、無駄なときをお使いいただくことになる。儂はそれを避けたいと申しておるだけじゃ」

曲淵甲斐守のためだと、藤井が述べた。

「それは……」

言われて亨は詰まった。

大坂町奉行も多忙であったが、江戸町奉行はそれに輪をかけていた。町としての規模が大坂と江戸では違うというのもたしかだが、江戸町奉行は政にも参画する。毎日、午前中は登城して、評定所へ出たり、老中たちの諮問に応じたりしなければならないのだ。純粋に町奉行として使える時間は、大坂町奉行の半分に近い。

職務の範囲は拡がったのに、執務時間は半減した。江戸町奉行は、まさに地獄であった。

「わかったであろう。安心いたせ。儂は不要に他人へ漏らしはせぬ。さあ、城見」

藤井がうながした。

「……………」

亭は悩んだ。

「……いいえ」

駄目だと亭は首を左右に振った。

「そなた、まだわからぬのか」

憤怒の表情を藤井が浮かべた。

「本日だけご勘弁くださいますよう。お奉行さまにお話をし、藤井さまを通じてにしてよいかどうかをお伺いいたしましてからで」

一度は許可を取らねばならないと亭は告げた。

「だから、その手間を省こうと申しておる」

藤井が怒りながら続けた。

「どうやらお戻りのようでございまする」

役宅門の辺りが騒がしくなった。

「お迎えをいたさねばなりませぬ。御免」

亭は内玄関からあがるのをあきらめて、役宅玄関へと外を回っていくことにした。

「待て、城見」

制止の声を藤井が掛けてきたが、亭は聞こえない振りをした。

「おかえりなさいませ」

内与力がそろって、曲淵甲斐守を出迎えた。

「うむ。なにかあったか」

「別段ございませぬ」

筆頭内与力坂木がいつもと同じように答えた。

「よろしい」

玄関からなかへと曲淵甲斐守が歩き始めた。

「亭」

足を止めた曲淵甲斐守が亭を呼んだ。

「付いて参れ」

「はっ」

亨は曲淵甲斐守の背後に従った。

「……………」

藤井が無言で見送っていた。

「どうであった」

内座所に着くなり、曲淵甲斐守が尋ねた。

「本日日本橋の……」

二軒の商家から話を聞いたと亨は語った。

「入出が足りぬと言われてしまえば、反論ができぬな」

曲淵甲斐守が播磨屋伊右衛門の言いぶんを認めた。

「出入りの金は一度集められたうえで、再分配される……それで筆頭与力や年番方与力が裕福なのだな」

配分を仕切っているのが、筆頭与力竹林一栄と左中居作吾だと曲淵甲斐守は見抜いた。

「表の禄と裏の金、その両方を握っているのだ。北町は二人の支配下にある。あの隠密廻り同心が、余の命を裏切ったのも無理はないな」

小さく曲淵甲斐守が嘆息した。

「いかがいたしましょう」

今後の指示を亨が求めた。

「出入りの金をなんとかして奪わねば、町奉行所を余が支配するのは難しい。いや、無理だな。一代で縁をなくす奉行よりも、代を重ねてつきあってきた、これからもつきあっていく町方役人同士を大切にするのは当然だ。とはいえ、このままではいかぬ」

険しく曲淵甲斐守が眉間《みけん》に皺《しわ》を寄せた。

「出入りの金を他のほうに回させる。御用聞きどもを町奉行所が雇い入れる形にして、そちらに出入りの金を……いや、身分さえ明らかでない者どもを御上が雇うわけにはいかぬ」

曲淵甲斐守が考えこんだ。

「それとも町役人に金を集めさせて、町ごとに番人を抱えさせる費用にする。いや、これもまずいな。番人に人を捕まえる御上の権を渡すのは駄目だ」

町役人とは、町方役人と似ているが、まったく違うものであった。その町内に地所を持っている者たちのなかから選ばれて、町の世話をする。江戸の町名主を通じて発布されるお触れなどを、町内に知らせたり、行き倒れを埋葬したり、孤児や寡婦の面倒を見たりするのが主な役目である。町内を仕切る木戸も町役人の管理であり、木戸番は町役人が指名し、なにかあったときに対応できるよう、刺股や袖がらみなどの捕り物道具を準備していた。とはいえ、木戸番には十手が預けられておらず、怪しい者を取り押さえたら、すぐに町奉行所へ届け出て、対応を譲らなければならない。

「……よい案が思いつかぬ」

曲淵甲斐守が苛立った。

「お奉行さま……」

機嫌の悪い曲淵甲斐守に、亨がおずおずと声を掛けた。

「なんだ。なにかいい案でもあるのか」

曲淵甲斐守が亨を睨みつけた。

「いいえ。じつは……」

あわてて首を振った亭は、藤井から言われたことを伝えた。

「藤井が、そのようなことを……」

曲淵甲斐守の表情が変わった。

「そうか。藤井がな」

感情のない声で、曲淵甲斐守が呟くように言った。

「いかがいたしましょう」

「余以外に話すことまかりならぬ」

「はっ」

強く禁じられた亭は、手を突いた。

「藤井さまに、そのことは……」

「なにも言うな。問われたら、こう言え。さほどのことはございません。ご報告するほどのことはございませんとな」

「はあ……」

それで藤井が納得するはずはない。亭は困惑した。

「押し通せ」

曲淵甲斐守がもう一度念を押した。

「向こうがそうくるならば、こちらもじゃ」

「…………」

主君の言葉に疑問を持ってはいけない。亨は黙って頭を垂れていた。

第五章　希望の闇

一

江坂と伊藤の一族たち四人は、藩邸から出された。せっかく士籍まで削って藩と無関係にしたのに、屋敷で生活していては意味がない。

「お役目で金が要るおりだ。少ないがこれでなんとかいたせ」

藩主松平伊賀守との目通りの後、長野から渡された金は四人で四両であった。

「少なすぎる」

江坂の弟五郎太《ごろうた》が憤慨した。

「一人頭一両……これで敵を倒すまで江戸に潜み、その後は国元まで戻らねばならぬというか」

伊藤の弟卓也《たくや》も苦情を口にした。

「国元へ帰るのに二日、余裕を見て三日。旅籠《はたご》に一泊するのに二百五十文かかる。少なくとも七百五十文は残しておかなければならぬ」

江坂の従兄弟が計算をした。

「一両は六千文。七百五十文に昼餉代を入れて千文。残り五千文。江戸の旅籠は高い。朝晩の食事が付くとはいえ、三百文は要る。昼餉も喰うとなれば……十日が限度」

「十日か。それだけあればなんとかなろう」

残った一人、伊藤の弟で歳嵩のほうが述べた。

「十日でいけるのか」

冷静に江坂の従兄弟が確認した。

「相手の顔も知らぬのだぞ」

従兄弟が首を横に振った。

「…………」

「なんとかなるだろう」

伊藤卓也が甘い観測をした。

「相手の顔を知っている者は藩邸におらぬのか。それくらいの支援はもらえよう」

歳嵩の伊藤の弟が後を振り向いた。

「誰もおらぬはずだ。会ったのは従兄弟と伊藤どのだけ」

江坂の従兄弟が否定した。

「佐之介《さのすけ》どの、それはまちがいないのか」

伊藤卓也が確認を求めた。

「長野さまより聞いた」

佐之介と呼ばれた江坂の従兄弟が首肯した。

「名前は……」

「それだけはわかっている」

「名前だけか。それでどうやれと」

江坂五郎太が文句を言った。

「なにがわかっておるのだ」

伊藤の歳嵩の弟が尋ねた。

「北町奉行所の内与力で城見ということだけだ」

「それでどうしろというのだ」

江坂五郎太が頭を抱えた。

「江戸町奉行所に何人、内与力がおるかさえわからぬのだぞ」

伊藤卓也も天を仰いだ。

「探すよりなかろう」

歳嵩の弟が一同を見た。

「でなければ、我らは国元にも帰れぬ」

「…………」

一同が黙った。

禄をもらってこそ武士は生きていける。当主ではない弟といえども、家があれば衣食住にはことかかない。士籍さえあれば、跡継ぎのいない家、婿養子を探している家へ入ることもできる。

しかし、この四人にはそれもなくなった。

「このまま四両で追い出されるか」

佐之介が問うた。

「吾は嫌だ」

江坂五郎太が拒んだ。

「わずか五十石の小身だが、江坂の名前は藩でも古い。潰すわけにはいかぬ」

「伊藤も同じじゃ」

伊藤卓也も声をあげた。

「ならばなんとしてでも果たさねばなるまい」

佐之介が断じた。

「おう」

「そうじゃ」

皆が賛同した。

「まずは宿を探そう。いつまでかかるかわからぬ。できるだけ費用の安いところでなければなるまい」

「国元ならば寺に寄宿できるのだが……」

「寺か……」

江坂五郎太の発言に、佐之介が腕を組んだ。

「松平の菩提寺はどこか知っておるか」

佐之介が訊いた。

「たしか……天だったか、空だったか、浄土宗の寺だ」

伊藤卓也があいまいな答えを口にした。

「ここで待っててくれ、長野さまより教えていただいてこよう」

佐之介がもと来た道を戻った。


町奉行所は朝のうち、筆頭与力が主になる。登城している町奉行に代わって、北町奉行所では竹林一栄がすべてを統轄した。

「少し、よろしいかの。隣へ」

朝の報告を終えた竹林一栄が内与力の藤井と山上を空き部屋へと誘った。

「……おかけあれ」

慣例で内与力が格上になる。

竹林一栄が上座を勧めた。

「畏れ入る」

「御免」

藤井と山上が先に腰を下ろした。

「……………」

続けて竹林一栄が座った。

「先日もお話しいたしましたように、町奉行所と内与力の方々は、一つになってお奉行さまを支えていかねばなりませぬ」

「仰せのとおり」

竹林一栄の言葉に、藤井がうなずいた。

「しかし、お一人、我らとお奉行さまの間に亀裂を入れたお方がおられる」

「……城見でござるな」

山上が苦い顔をした。

「与力が配下である同心を売るのはいかがなものかと」

「隠密廻り同心の早坂どののことは、残念であった。我らが知っておれば、お奉行さまにご意見を申しあげられたのだが」

藤井が目を伏せた。

「城見は父が用人をしていることもあり、殿のお気に入りであるからの。我らを介さずに殿とお話をいたしおる」

山上が小さく首を振った。

「お二方に責任はございませぬ。しかし、同心どものなかには、お奉行さまにご不満を持つ者も出ておりまする。我らもなんとか抑えようとしてはおりますが、なにぶん、同心の数が多く、説得する手間がかかっておりまして」

無念そうに竹林一栄が言った。

「かたじけない」

藤井が頭を下げた。

「このままでは、町奉行所の執務にも影響が出て参りまする」

「それは困る」

「殿のお名前に傷が付くではないか」

竹林一栄の脅しに、藤井と山上が顔色を変えた。

「そこででございますが、わたくしが町奉行所のなかをとりまとめまするゆえ、お二方には内与力の方々をおまとめいただきたい」

「やってみるが……」

「城見でござるな」

藤井と山上が顔を見合わせた。

「城見どのについては、こちらもあきらめておりまする。というか、今更、我らに与《くみ》すると言われても、皆が認めませぬ。早坂の恨み」

竹林一栄が亨を拒絶した。

「むう」

「そこまで」

二人がうなった。

「では、これを」

竹林一栄が懐から袱紗《ふくさ》包みを出した。

「これは……」

袱紗包みを解きながら、竹林一栄が続けた。

「小判……」

「いくらござるのだ」

なかから出てきた黄金の輝きに、二人が息を呑んだ。

「城見どのを除いた四名の内与力の方々に、五十両ずつ」

「二百両あると」

竹林一栄の説明に、藤井が絶句した。

五十石や八十石の少禄では、小判などまず見ることはなかった。懐の紙入れに一分入っていればいいほう、ほとんどが一朱、下手をすれば四文銭二一枚ほどが普通なのだ。

藤井と山上が小判から目を離せなくなったのも無理のないことであった。

「いや、これはいただけぬ」

ぐっと小判から目をそらして、藤井が手を振った。

「さ、さよう」

あわてて山上も断った。

「これはそのようなものではございませぬ」

具体的な意味を竹林一栄は言わなかった。

「出入りというのをご存じであろうか」

「噂だけは」

「おおむねのことは」

竹林一栄の確認に、二人があいまいながら認めた。

「出入りとは、大名、旗本の屋敷、商人から町奉行所の役人への気遣いでござる」

「気遣いでござるか……」

「さよう。薄禄のなかから我らが手下どもを養い、江戸の治安を護っていることに感謝してのもの」

「感謝の証……」

「しかしだの。金をくれたところとくれぬところで、態度に変化が出てはよろしくなかろう」

気遣いだと主張した竹林一栄に藤井と山上がためらいを見せた。

「出入りは個々のものでござる」

「それは知っている。竹林どのには竹林どののもとへ出入りを願う者が集うと聞いた」

藤井がうなずいた。

「なれど、届けられた金はすべて年番方に渡されまする」

「奉行所でまとめると」

「さようでござる。まとめた後、出入りを持つ者、持たぬ者のかかわりなく、一同に配分されまする。こうすることで、手下どもの金を支給し、役目、縄張りにかかわりなく職務に励めまする」

「なるほど」

「出入りを持たぬ者にまで、手配りをされるとは。それでこそ、町奉行所は一枚岩でございますな」

竹林一栄の話に、藤井と山上が納得した。

「内与力の方々も、我らの同僚。こう申してお叱りを受けるやも知れませぬが、お奉行さまを名奉行と知らしめる仲間」

「いかにも。いかにも」

「うむ」

「内与力どのにもいろいろと表沙汰にできぬ金は要りまする。よく働いた者へ褒美にやっていただくなどしていただければ、同心どもの働きにも気が入りましょう」

「同心たちの士気高揚でござるか」

「それは重要でござる」

竹林一栄が例に出した遣いかたに藤井と山上が大きく首を縦に振った。

「お奉行さまのためにお遣いいただく。もちろん、内与力どのが町屋で探索をするために吉原で噂を集めたりなさるのにも金は要りまする。世間の噂はそうしないとなかなか手元に参りませぬゆえ」

さらに竹林一栄が仕事のためだと付けくわえた。

「なるほど」

「うむ」

藤井と山上が取りこまれた。

「では、お預かりいたそう」

藤井が袱紗に手を伸ばした。

「町奉行所のために」

「わかっておる。町奉行所のために」

竹林一栄の言葉に、二人が唱和した。

二

亨は曲淵甲斐守とのやりとりを思い出しながら江戸の町を歩いた。

「町奉行所の範疇をよく見ておけ。どこからが手出しをしてはならぬところかをわかっておらねばならぬ。江戸の町を上様より託されておるとはいえ、武家地、寺社地は町奉行所の範疇ではない。たとえ目の前で下手人が逃げこんでも、それが武家屋敷や寺であったらそれ以上の追跡は許されぬ」

「そやつを逃がすことで、また被害が出るとわかっていても……」

亨はなんとも言えない顔をした。

「そうだ。武家地は目付、あるいは大目付。寺社地は寺社奉行の管轄である。下手人が逃げこんだならば、余からそれぞれに書付を渡し、引き継ぎをおこなわねばならぬ」

「そのようなことをしていれば、相手に逃げられまする」

手間がかかりすぎると亨は抗議した。

「目の前で溺れている者がいるというのに、助けてはならぬと」

「そうだ。それが武家地の池、寺社の池ならば、町方役人は手出しをしてはならぬ」

たとえ話を持ち出した亨に、曲淵甲斐守が断じた。

「それではあまりに……」

「今回の寺社奉行とのもめ事の発端を思い出せ」

「…………」

曲淵甲斐守に言われて、亨は黙った。

「竹林と左中居の二人が、寺社奉行の余得である富くじ興行に手を出した。最初に縄張りを侵したのはこちらだ。それによって、吾はご老中さまより呼び出され、寺社奉行松平伊賀守から挑発を受けた」

一度曲淵甲斐守が言葉を切った。

「その結果が、寺社奉行所の者による襲撃だぞ。そなたは二人の寺社奉行小検使を捕縛しておきながら逃がすという愚を犯し、早坂甚左を左遷させた」

「それは……」

亨がうつむいた。

「北町奉行所でも、同心一人がいなくなった。さて、寺社奉行はどうであろうな。町方に襲いかかり、成功するならまだしも失敗して手ごめにされ、身分まで世間に報された。とても無事ではすまされまい」

「放逐されたと……」

藩士の不祥事は、その多くが暇を取らせた。放逐は禄を取りあげ、浪人させたうえで領国での滞在を許さないという付加刑もつく。

「放逐ですめばよいがの」

「まさか、切腹」

嘆息する曲淵甲斐守に、亨は蒼白になった。

「余ならば、切腹を命じる」

「…………」

告げた曲淵甲斐守に、亨は絶句した。

「家の恥だぞ。余が正式に抗議をしなかったうえに、明確な証があるわけでもないゆえ、松平伊賀守は無事にすんだ。だが、一つまちがえれば藩が潰れた」

「……………」

「藩が潰れれば、数百人の家臣が浪人になる。その家族も入れれば千人からが路頭に迷うことになる。大事である。放逐ですませるわけにはいかぬ。生きていれば、どこで喋るやも知れぬし、自暴自棄になって大目付へ自訴などされても困る」

冷徹な当主としての意見を曲淵甲斐守が述べた。

「他人の懐へ手を伸ばす。これがどれほど怖ろしいことかわかったであろうが」

「はい」

亨は強くうなずいた。

「そこまで与力、同心は頭が回っておらぬ。あやつらは家というものへの思いが軽い。一代抱えという特殊な身分というのもあろうが……」

一代抱えとは譜代ではあるが、禄と身分は相続できない。親が引退すれば、跡継ぎを新規召し抱えとして出仕させる。実質継承ではあるが、表向きは毎回新規の扱いになる。代を重ねることで譜代と呼ばれ、信頼が増していく武家の慣習から外れている。これが町奉行所の与力、同心であった。

「町奉行所の役人というのは、不浄職とさげすまれるが、その役目の特殊さから経験のない者に任せるわけにはいかぬ。それが、傲慢《ごうまん》を呼んだ。代われる者がいれば、代わってやってみろ。できやしないという自負がな」

曲淵甲斐守が吐き捨てた。

「余は、その傲慢さを早坂甚左の左遷で戒めた」

「はい」

亨は曲淵甲斐守の考えかた、一罰百戒を理解していた。

「その意をあやつらが汲んでくれるかどうか」

曲淵甲斐守が苦渋の表情を浮かべた。

「内与力は奉行と町奉行所役人の仲を取り持つ。取り持つには、現実を知らねばならぬ。よく見てくるがいい、江戸の町を」

そう言われて亨は、江戸の町をあてどもなく歩いていた。

「おや、城見さまではございませぬか」

亨が日本橋から神田へと向かっているとき、前から来た供連れの商人から呼び止められた。

「播磨屋どの」

商人の顔を見た亨は、すぐに相手が播磨屋伊右衛門だと気づいた。

「お見廻りでございますか」

ほほえみながら播磨屋伊右衛門が問うてきた。

「いかにも。町奉行所の担当する場所を覚えよと、お奉行さまから命じられました」

「さようでございましたか。しかし、江戸は広い。たいへんでございまするな」

播磨屋伊右衛門がねぎらった。

「たしかに広大でござるが、実質は武家地ばかりで、町人地はさほどないように感じております る」


亨が首を左右に振った。

江戸は徳川家康が武家の都として開いた城下町である。全国の諸大名が上屋敷、下屋敷を構えている。大きな藩だと中屋敷、抱え屋敷などもある。そこに旗本、御家人のものがくわわるのだ。どれほど江戸の町が大きいとはいえ、そのほとんどを武家屋敷が占める。

　そこに寺社が加わる。将軍家菩提寺の増上寺、祈願所の寛永寺と三十万坪近い巨大な伽藍《がらん》の他にも、浅草寺や湯島天神など大きな敷地を持つところは多い。

　町人地は、この武家地と寺社地の隙間《すきま》にある。もちろんまとまった町人地もあるが、武家屋敷に挟まれた町内もある。

「ただ複雑に過ぎまする」

　亨はため息を吐いた。

「辻一本またいだだけで、支配が変わる。武家地、寺社地へ入られれば、我ら町方は手出しができなくなりまする」

「たいへんでございますな」

　播磨屋伊右衛門が感心した。

「お疲れではございませんか。よろしければ、そこの茶店で休息を」

「かたじけないお誘いだが、御用中なのでな」

　申し出を亨は断った。

「まあまあ、そうおっしゃらずに。町屋の者の話を聞かれるのも、御用のうちでございましょう」

播磨屋伊右衛門が理由を付けた。

「町屋の者の望みを知るのも御用に繋がるか」

「はい。わたくしどもが町奉行所さまになにを期待しているかをお知りいただければと思いまする」

悩み出した亨に、播磨屋伊右衛門がもう一度言った。

「たしかに言われるとおりであるな。ご同席させていただこう。ただし、支払いは個別で願いたい」

「お堅いことでございますが、承知いたしました」

奢《おご》ってもらう気はないと告げた亨に、播磨屋伊右衛門が苦笑しながら首肯した。

「では、そこの茶店の奥を借りましょう」

播磨屋伊右衛門が、少し離れた川沿いの茶店を指し示した。

「久吉《ひさきち》」

播磨屋伊右衛門が供に連れていた丁稚《でっち》を呼んだ。

「へい、旦那」
十二、三歳に見える小僧が返事をした。

「わたしは北町奉行所内与力の城見さまとそこの茶店でお話をしているから、おまえは先に店に帰っておきなさい。そして……」

そこまで言った播磨屋伊右衛門が声をひそめた。

「咲江にも伝えなさい」

丁稚の耳にしか聞こえないていどの声で播磨屋伊右衛門が指示を出した。

「へい。では、これにて」

しつけが行き届いているのだろう。久吉と呼ばれた丁稚が亨へていねいに腰を屈《かが》めてから、駆け出していった。

「参りましょう」

播磨屋伊右衛門が、茶店へと亨を先導した。

店へ急ぐ久吉の前に、侍が立ちふさがった。

「御免を」

久吉が横を通ろうとしたが、侍が回りこんだ。

「なにか御用でございましょうか」

そこまでされれば、久吉も異常に気づく。

「ちと聞きたい」

久吉を止めたのは、江坂佐之介であった。

「なんでございましょう」

相手は侍である。多少怪しくとも無下には扱えなかった。

「さきほどおぬしの主人と話をしていたのは、北町奉行所の御仁であったな」

佐之介たちは、江坂と伊藤を死に追いやる原因となった内与力を探すため、朝から常盤橋御門を見張っていた。

「町方同心や与力は、巻羽織という変わった形の羽織を着ているうえ、雪駄に裏金を張って、音を立てて歩く。巻羽織は走って風を含まねば、見分けが付きにくいが、雪駄の裏金は、石畳のところで耳をすませば判別できる」

江戸屋敷の者からそう教えられた佐之介たちは、足音を立てない亨の後を付けてきた。だが、亨が内与力だという保証はない。町奉行である曲淵甲斐守は役宅で起居する。当然、その身の回りを世話するための家士も役宅には詰めている。その家士と内与力の区別が付けられなかった。

「さようでございまする」

町人にとって町奉行所は権威の象徴である。久吉は、町奉行所という言葉が出た段階で、侍たちを不審な者と思わなくなった。

「いささか我らとかかわりのある御仁かと思っておるのだが、直接声をお掛けして人まちがいでは恥を掻く」

「へえ」

久吉が言いぶんを認めた。

「あの御仁のお名前を確認させてくれ。曲淵甲斐守さまのご家中で飯田どのとおっしゃるお方ではないか」

適当な名前を佐之介が出した。

「いいえ。そんなお人ではございません。北町奉行所内与力の城見さまで」

つい先ほど播磨屋伊右衛門から教えられた名前を久吉が口にした。

「さようであったか。いや、危うく人違いをなすところであった。助かった。足を止めて悪かったの」

にこやかに礼を述べて、佐之介が道を空けた。

「いえ。では、御免くださいませ」

久吉が少し足を速めて離れていった。

「……あやつだ」

久吉の背中を見送った佐之介が言った。

「見つけたな」

江坂五郎太もうなずいた。

「………」

「すぐであったな」

伊藤の弟二人も顔を見合わせた。

「討ちこもうぞ」

江坂五郎太が血気に逸《はや》った。

「馬鹿を言うな。赤穂浪士でもあるまいし。仇討ちではないのだぞ。恨みを晴らすのではなく、我らの未来《さき》をかけた戦いじゃ。派手なことをして、またぞろ江戸で噂になれば……」

「我らも兄たちのようになると」

佐之介の説得に、江坂五郎太が頬をゆがめた。

「…………」

無言で佐之介が肯定した。

「ここは慎重にいかねばなるまい。失敗は許されぬ」

佐之介が一同を見回した。

「分家のおぬしが仕切るな」

江坂五郎太が不満を口にした。

「いや、佐之介どのが適任である」

伊藤卓也が江坂五郎太の苦情を抑えた。

「だの。拙者も同意じゃ」

「半九郎《はんくろう》、そなたまで」

歳嵩の伊藤の弟も同意したことに江坂五郎太が驚いた。

「五郎太、落ち着け。すでに我らの家は潰れてないのだ。今更、本家も分家もあるまいが」

伊藤半九郎が江坂五郎太を宥めた。

「それに長野さまと交渉して、ことがなった暁には、我ら全員を新規召し抱えくださるとの言質《げんち》を引き出したのも佐之介どのだ」

「むうう」

江坂五郎太がうなった。

「でなければ、帰参したところで、誰が家を継ぐかでもめたであろう。それを佐之介どのが防いだ」

「そうだぞ、五郎太」

伊藤卓也も援護した。

あの日、松平伊賀守家の菩提寺を教えてもらいに上屋敷へ戻った佐之介は、用人長野に気になっていたことを問うた。

「無事お役目を果たしました後、私どもはどのようになりましょう」

「断絶に処された江坂と伊藤の家が再興される」

「私どもは四人、家は二つ。二人余りまする」

長野の答えに佐之介は苦情を付けた。

「そのようなものは知らぬ。誰が跡を継ぐか、あるいは家を分けるか、互いで相談いたせ」

長野は佐之介の文句を一蹴した。

「それでは、うまく参りませぬ。なによりも私が不満でござる。私は分家の厄介者。それゆえ、今回の任を押しつけられましてございまする。ことがなって江坂の家が復興いたしましたら、五郎太どのが継ぐは当然、私はまた厄介者に戻りまする」

「なにが言いたい」

ここでふたたび突っぱねるようでは、気働きの要る用人は務まらない。長野が佐之介の表情を窺った。

「いささか禄を減らされても結構でございまする。うまくいったとき、生き残った者を新規召し抱えしていただきたく」

「御家再興ではなく、新規召し抱えを求めると言うか」

「さようでございまする」

確認された佐之介がうなずいた。

「のほうが、よろしゅうございましょう」

「どういう意味だ」

長野が怪訝な顔をした。

「江坂と伊藤の家が断絶したのは、なんでございました」

「……表向きの理由か」

「はい」

確かめるような長野に佐之介が首を縦に振った。

「断絶の理由は、帰国途上において、武士としてあるまじき失態を晒したことである」

「街道筋で殺されたとき、刀に手をかけていなかったため、武士としての心得不十分という名目でございますな」

佐之介が念を押した。

「うむ」

長野が認めた。

武士は戦うのが本性である。よって不意を打たれようが、相手の数が多かろうが、戦わなければならない。もちろん相手が強く、あえなく討ち死にすることはある。これは罪ではなかった。問題は、応戦しなかった場合であった。刀に手をかけていないというのは、あまりに油断、あるいは戦わずして逃げようとしたと受け取られた。これは武士にとって恥ずべき死にかたであった。

昔はもっと厳しく、刀を抜いていなければならないとか、抜いた刀に血が付いていなければ未熟として、相続は認められなかった。さすがに昨今は甘くなり、刀の柄に手がかかっていればよしとされてはいた。

「ですが、真の理由は皆知っておりまする」

「口にするなよ」

長野が警告した。

「今回、我らが果たします任は決して表にはできませぬ。いわば、功績なしでございまする」

「それは当然じゃ」

「手柄なしで、江坂と伊藤の家の再興をお許しになれば、殿の御命がまちがっていたと……家中で」

「口を慎め」

長野があわてた。

「……………」

佐之介が黙った。

「しばし、待て」

手で佐之介を制した長野が奥へと引っこんだ。

「こちらも浮かびあがれるかどうかの瀬戸際じゃ。なんでも使ってくれよう」

佐之介が呟いた。

小半刻（約三十分）たらずで、長野が戻ってきた。

「ご家老さまとお話をしてきた」

最初に長野が典膳の許しを得ていると宣した。

「いかがでございましたでしょうや」

佐之介が身を乗り出した。

「格別の思《おぼ》し召しをもって、生き残った者を合わせて百二十石で新規召し抱えくださるとのことじゃ」

「合わせてでございまするか」

佐之介が思わず問い直した。

「そうじゃ。一人生き残れば百二十石、二人ならば六十石ずつ。四人全員無事ならば三十石ずつ与える」

「百二十石……」

長野の説明に、佐之介が喉を鳴らした。

松平伊賀守家は五万八千石で、譜代大名としてはまあまあよいほうである。しかし、五万石ていどであれば、家老、それも門閥あるいは城代家老で千石、用人、組頭で五百石あるかないかである。百二十石あれば、上士に入った。

「菩提寺には人を出し、米と味噌を十日ぶんほど届けてやる。よいか、これも江戸になれていないだろうというご家老さまのご恩情だ。あだやおろそかに思うなかれ。かならずや、敵を仕留めよ」

長野が佐之介に釘を刺した。

「かたじけのうございまする」

佐之介が感謝した。

衣食住、そして将来への不安がなくなったおかげで、四人は朝から北町奉行所を見張ることができるようになっていた。

「佐之介どのの手柄を考えれば、当然であろう」

「……わかった」

江坂五郎太が退いた。

「茶店へ討ちこむのは論外だ。騒ぎにするわけにはいかぬ」

佐之介が一同に話し始めた。

「出てくるまで待つが、様子を窺うために、拙者と伊藤卓也どので茶店に入る。そろそろ席を立ちそうになったところで、我らが先に出る」

「皆で茶店に入ってはいかぬのか」

江坂五郎太が質問した。

「四人も侍が入れば、茶店も客も気にするであろうが」

佐之介が従兄弟五郎太をたしなめた。

「…………」

不服そうに江坂五郎太が口をつぐんだ。

「で、残った二人は、茶店の向こう側で待機していてくれ。我らはこちらへ出る。どちらに出られても、行く手を阻めるようにするためだ」

「なるほど」

「承知」

伊藤の弟二人がうなずいた。

「……………」

無言で五郎太も認めた。

「では、参ろうぞ。我らの新しき夢へと」

「おう」

「やるぞ」

「……………」

四人は、それぞれの担当位置へと動いた。

三

茶店には、二つ席があった。店の前に出された床机《しょうぎ》と奥に設けられた小上がりである。

床机に座った場合は、席料は不要であるが、小上がりだと幾ばくかの使用料代わりの心付けが要った。

「お女中さん。これをね。後で人が来るかも知れぬから、相席は勘弁しておくれ」

さっと播磨屋伊右衛門が、案内してくれた女中の帯に小粒金を差しこんだ。

「あれ……こ、こんなに」

金色に光る小粒金を見た女中が目を大きくした。

「頼んだよ」

「あいな」

女中が喜んで従った。

「お役目中ということでございますゆえ、酒はなしとさせていただきまする」

「そうしてくれ」

播磨屋伊右衛門の断りに、亨も同意した。

「茶と団子を」

少し大きな声で、播磨屋伊右衛門が奥へと注文した。

「さて、なにからお話をいたしましょうか」

「なんでも結構だ。教えてくれ」

亭は姿勢を正した。

「では、商人がもっとも怖れるものからお話をさせていただきましょう。わたくしども商人にとって、もっとも大切なものは暖簾だと前もお話ししました」

「屋号と暖簾は武家にとっての家名だと」

「はい。では、暖簾に傷が付くのはどういうときか。まず、食べものを扱う店の場合は、傷んだものを出して、腹下しなどを出すことでございまする。これをやるとまずその店は潰れまする」

「当然だな。人の口に入るものは注意してもらわねばならぬ」

「次に、呉服や小間物の店でございますと、商品に瑕疵《かし》があったときでございまする。これはうまくやれば表沙汰にせずにすみますが、失敗して世間に広まれば、大店ほど厳しくなりまする」

「それもわかる」

亭が首肯した。

「では、両替屋などはどうでございましょう。両替屋の扱いは金。金で中毒することはなく、瑕疵もさほどのものではございませぬ」

「たしかにの」

「では、両替屋は暖簾に傷がつかぬのでしょうや」

「…………」

わからないと亨は播磨屋伊右衛門を見あげた。

「金を扱う商売は皆、奉公人に金を持ち逃げされたら終わりでございまする」

「なぜだ。店は悪くなかろう」

亨が首をかしげた。

「盗みを働くような奉公人を雇っていた。つまり人を見る目がない。そんなやつに大事な金を任せていいわけがないとなるわけでございまする」

「こじつけというか無理矢理のような気がする」

「それが世間というものでございますよ」

播磨屋伊右衛門が淡々と述べた。

「その他……」

いろいろと話をしている二人の側に、人が近づいてきた。

「ああ、大叔父はんと城見はん」

「咲江来たかい」

「西どのではないか」

二人がそれぞれの反応を返した。

「同席させてもろうても」

「城見さま」

咲江と播磨屋伊右衛門が、許可を求めた。

「拙者はかまわぬ」

二人に言われて、亨は認めた。

「おおきに」

うれしそうに、咲江が播磨屋伊右衛門の隣に腰を下ろした。

「珍しい取り合わせやけど、なにを話してはりましたん」

「城見さまにね、町屋のことをお話しさせていただいただけ」

訊いた咲江に、播磨屋伊右衛門が答えた。

「そうなんや。城見はん、どないです。上方と江戸の違いは」

「江戸の人たちははっきりと意思表示をする傾向があるように思える」

咲江に訊かれて、亨は言った。

「たしかにそうですわな。上方はあいまいな返事が多いですわ」

咲江も同意した。

「考えときまとか、結構でとか、両方とも断り言葉ですし」

「上方よりも江戸のほうが、やりやすい」

「それは甘《あも》うございますよ」

播磨屋伊右衛門が首を横に振った。

「江戸も上方も、商人は命をかけて商いをしておりまする。とくに江戸は、生き馬の目を抜くと言われるほど厳しいところ」

「大叔父はん、その喩《たと》えよく聞くけど、どういう意味なん」

咲江が問うた。

「上方では使わないかな。これは、道を歩いている馬が、目をえぐられても気がつかないというほど凄腕《すごうで》の商人ばかりということだよ」

やさしく播磨屋伊右衛門が教えた。

「生きてる馬の目をえぐる……酷《ひど》いことすんなあ」

「喩えだよ」

両手で肩を抱いて震える咲江に、播磨屋伊右衛門が苦笑した。

「いい気なものだ」

三人の様子を少し離れた小上がりから、佐之介たちは見ていた。

「女連れで茶店とは、町方役人はゆるいものだ」

伊藤卓也もぼやいた。

「おっ。商人らしい男が席を立ったぞ」

佐之介が合図した。

「内与力と女はそのままだな」

二人が顔を見合わせた。

「このあと人と会いますので、わたくしはここで」

播磨屋伊右衛門が紙入れから一分金を出して、咲江に渡した。

「城見さまのぶんはいただくお約束だから、これはおまえのぶんの支払いにね。わたしのぶんも払っておいておくれ。ああ、おつりは要らないから」

「おおきに」

播磨屋伊右衛門から金を受け取った咲江が小遣いが増えたと喜んだ。

「では、また、店へもおこしくださいませ」

「ああ。寄らせてもらおう」

大店の主でありながら飾らない播磨屋伊右衛門を、亨は気に入っていた。

「あの商人は誰だ」

さりげなく会話する振りをしながら、伊藤卓也が話しかけた。

「誰でもいいだろう。この後すぐ、内与力を討つのだ。二度と江戸へ出てこない我らにはかかわりがない」

目を亨から離さずに、佐之介が応じた。

「それはそうだが……なあ、佐之介どの。ここでいいのか。茶店があるからか、人が多い。目立ってはよくないだろう」

伊藤卓也が疑問を呈した。

四人が命じられたのは、藩士としての矜持を護ることと二度と藩主に家臣を使い捨てにするような横暴なまねをさせないための刺客である。

今まで国元から出たこともない四人だから、顔見知りがいて正体がばれるというおそれはないにしても、どこから家の名前が出ないとも限らない。できるだけ他人目に付かないほうがいいはずであった。

「……するどいな。おぬしは」

佐之介が感心した。

「じつはな、長野さまと最後に会ったとき、そうだ、菩提寺を借りてもいいかという話をしに行ったときだ」

しっかりと亨たちの様子を見ながら、佐之介が続けた。

「……目立つように仕留めろと命じられたのだ。一度表御殿へ引っこまれてからだったので、おそらくは江戸家老さまのお考えだろうがな」

佐之介も見抜いていた。

「どういう理由《わけ》だ」

「殿がな、どうやら拗ねておられるらしい」

「拗ねて……」

聞かされた伊藤卓也が絶句した。

「曲淵甲斐守に恥を掻かされたうえ、藩士たちの造反を喰らったとな」

「納得できんが、まあわかるな」

伊藤卓也が苦笑した。

「でな、今回のことを許す代わりに、曲淵甲斐守にも恥を掻かせろと言われたらしい」

「町中でやることが曲淵甲斐守の恥……なるほど。甲斐守は町奉行だ。その町奉行の家臣が、支配域で殺される。これはみっともないな」

「だろう。武をもって江戸の城下を治めるべき町奉行の家臣が、町人どもの目の前で倒される。これが誰にも見えぬところでおこなわれ、死体が見つかったくらいならば、町奉行の力でもみ消せる。それをさせるなとな。殿は城中で甲斐守を笑い者になさりたいのだ。それで不満が解消すれば、家中の者に当たられまいとな」

佐之介が密《ひそ》かな指示の内容を話した。

「ふむ。で、褒賞はなんだ」

「褒賞、そのようなもの……」

佐之介が少し顔色を変えた。

「おぬしとしばらくいてわかった。抜け目がない。分家の厄介者から抜け出す好機を利用しないはずはない」

「そっちこそだ」

互いに顔を見合わせた。

「……わかった」

佐之介が手をあげた。

「二十石の加増だ」

成功報酬に一人だけ色が付くと佐之介が言った。

「五石でぃい」

「そちらこそ抜け目がないわ」

半分寄こせとは言わなかった伊藤卓也に、うまいと佐之介があきれた。十石と言われていたら、佐之介の反発は避けられない。五石くらいならばと思わせる交渉のうまさに、佐之介は降参した。

「半知借り上げだと手元に一石も残らないが、まあ、ないよりましだ」

伊藤卓也が笑った。

信州上田松平家は加増を重ねてきたが、そのぶん転封も多いうえに、領地に飛び地が増えて、内証が圧迫された。倹約だけでは間に合わなくなった藩は、かなり前から家臣たちの禄を半分借り上げていた。言葉では借り上げだが、端から返ってくることのない、実質の減禄であった。さらに武家の禄は表高で、実高は五公五民で半分になる。五石が半知借り上げで二石五斗、それが年貢でさらに半分、玄米からの精米目減りもある。手元には一石ほどしか残らなかった。

「文句を言うな。あと、加増は半年後だ。すぐだと他の者が気づく」

生き残った者で均等割という約束に反する。佐之介が告げた。

「承知。では、ここでやろうぞ」

「ああ」

二人が亨たちを見つめた。

「今日も見廻りですか」

大叔父を見送った咲江が問うた。

「まだ江戸の町屋が飲み込めておらぬので」

「……また江戸でも現場に出はるおつもり」

咲江の目が真剣になった。

大坂西町奉行所時代も亨は内与力とよく似た役職取次をしていた。そのとき、大坂の遊郭新町などで、捕り物があった。それに亨は同道、危ない目に遭っていた。

「捕り物は、慣れている町方役人に任しはらな」

「その町方役人が信用できぬ」

亨は思わずそう言った。

「…………」

「あっ。西どののことを言ってはおらぬぞ」

黙った咲江に、亨はあわてた。

咲江の父西二之介も大坂町奉行所の同心である。捕り物に出ない諸色方とはいえ、町方役人には違いなかった。

「…………」

それでも咲江は沈黙を続けた。

「すまぬ。そんなつもりではなかったのだ。最近、江戸の町方役人のやりかたにいささか気分を害しておってな」

亭はあたふたしながら、理由を話した。

「大坂には悪い思いしか……」

「そんなことはないぞ。西どのとも知り合えた」

大きな声で、亭は否定した。

「うれしいこと」

咲江が安心したようにほほえんだ。

「……行こうか」

花が咲くような咲江の変化に、亭は落ち着かなくなった。

「ここに置くぞ」

亭は紙入れから四文銭を二十枚取り出し、湯飲みののった茶店の盆の上に置いた。

「あっ、うちと大叔父のぶん」

「男に見栄を張らせて欲しい」

代金を出そうとする咲江を、亭は止めた。

「おおきに。ごちそうになります」

咲江が礼を述べた。

「動くぞ」

「おお。金を」

佐之介が腰をあげたのに、伊藤卓也が手を出した。

「立て替えておいてくれ」

「返してくれよ」

言った佐之介に、伊藤卓也が念を押した。

藩士の身分を失い、わずかな支援も終わっている。収入のあてどがない浪人にとって、茶代の四文でも痛手であった。

「五石のうちじゃ」

佐之介が口調も荒く出ていった。

「細かいな。ここに置く」

ぼやきながら、四文銭を二枚残した伊藤卓也が続いた。

「……………」

茶店を出たところで、佐之介は江坂五郎太たちが控えているほうを向き、大きく両手を振った。

「出てくるようだ」

伊藤半九郎が江坂五郎太に目を向けた。

「ああ」

江坂五郎太が小さく反応した。

「あれだな。女連れになっているぞ」

茶店のなかでのことを知らない伊藤半九郎が戸惑った。

「関係ない。邪魔をするならば、女も斬るだけだ」

もう江坂五郎太は柄に手をかけていた。

「逸るな。まだ抜くなよ。他人目について騒がれたら、待ち伏せの意味がなくなる」

伊藤半九郎が江坂五郎太を押さえた。

「……わかった」

江坂五郎太が柄から手を離した。

「こっちへ来るぞ。ちっ、女も一緒だ。面倒な」

伊藤半九郎が舌打ちをした。

「向こうだ」

反対側で亨たちが来るのを待っていた伊藤卓也が、焦りを浮かべた。

「落ち着け。ぎりぎりまで気づかれたくない」

佐之介が伊藤卓也を制した。

四

茶店を出た亨と咲江は、当初の目的である神田へと足を向けた。

「ご一緒していただいても」

「かまわぬが、どちらへ行かれるのだ」

同行を求めた咲江に、亨が問うた。

「神田明神さんにお参りをしようかと」

咲江が答えた。

神田明神は江戸の鎮守として崇敬を集めている。その祭りは江戸でもっとも盛大なものと言われていた。

「明神さまか。たしかによいお社だ」

神田明神は平将門を祀っている。天皇に対し謀叛《むほん》を起こしたが、その武力は一時関東八カ国を支配するほどであった。その武力に憧れた武家が、あやかろうとしたのも当然であり、徳川家の庇護も厚かった。

「参道までご案内しよう」

「楽しみ」

亨の申し出に、咲江が両手を合わせた。

武家の男女が一緒に何処《どこ》かへ行くとき、女が三歩退く。もっとも、婿養子や妻の実家がはるかに格上の場合は、並ぶあるいは女が先に立つときもある。

主君の娘の供をする侍も後に付いていく。

「並ばれればよろしかろう」

少し後に場所を取った咲江に、亨が勧めた。

「……でも」

背丈の小さい咲江が上目遣いをしながらためらった。

「……西どの」

「はい」

急に低くなった亨の声に、咲江が表情を引き締めた。

「後に」

亨がかばうように咲江の前に出た。

「城見さま、後からも」

振り向いた咲江が、亨の背中にすがった。

「何者だ。拙者を北町奉行所の者と知ってのうえか」

亨が身分を明らかにした。

町奉行の権威は江戸で大きい。とくに町人、浪人には無敵に近い。

「北町奉行曲淵甲斐守の家臣だな」

大声で佐之介が周囲に聞こえるように言った。

「なんだ、なんだ。喧嘩か」

物見高いは江戸の常。騒動と見た町人たちが集まってきた。

「おい」

伊藤卓也がもう十分だろうと佐之介を急かした。

「ああ」

うなずいた佐之介が太刀を抜いた。

「だんびらを抜いたぞ」

「わあああ」

野次馬が悲鳴をあげて戸惑った。

「死ね」

伊藤卓也が斬りかかった。

「ちいい」

あわてて亨が抜き合わせた。

太刀同士がぶつかり、火花が散った。

「ひっっ」

野次馬の女が悲鳴をあげた。

「このおお」

多数を相手にするとき、鍔迫り合いになるのはまずい。一人に抑えられている間に、残りの敵の攻撃を背後から受けては防ぎようがない。

　亨は伊藤卓也を蹴った。

「おわっと」

　あわてて伊藤卓也が離れた。

「馬鹿が。ちゃんと抑えていろ」

　江坂五郎太が、伊藤卓也を罵りながら背後から襲ってきた。

「卑怯もん。恥ずかしいと思いや」

　その江坂五郎太を咲江が叱りつけた。

「こいつっ。女のくせに」

　若くてきれいな女から罵声を浴びせられた江坂五郎太が、一瞬咲江へ怒りをぶつけた。

「ふん」

　敵から目を離す。真剣勝負に慣れていない証である。それを亨は見逃さなかった。

　伊藤卓也を突き放した反動を利用して身体を回し、切っ先で江坂五郎太の胸を裂いた。

「ぎゃあああ」

胸の骨は呼吸の関係上、薄い肉でしか護られていない。骨膜を切られた痛みに、江坂五郎太が絶叫した。

「うるさい」

同数、あるいはこちらが優っているときは、このまま放置してもよかった。しかし、敵が多いときは、確実に一人ずつ仕留めていかなければならない。傷を負わせたままで、他の敵へ注意をそらせば、復活して背中を襲われることもある。

亨は大坂での真剣勝負で、それを会得していた。

「はっ」

亨はのけぞった江坂五郎太の左胸へ、太刀を突き刺した。わざと柄をひねって水平にされた切っ先が、江坂五郎太の肋骨の間をすり抜け、心臓を貫いた。

「かはっ」

江坂五郎太が即死した。

「五郎太」

「江坂」

佐之介と伊藤卓也が叫んだ。

「嘘だろう……死んだ」

伊藤半九郎が、血を噴いて倒れた江坂五郎太を見て蒼白になった。

「…………」

あっという間に血が拡がっていく。その血が伊藤半九郎の草鞋《わらじ》に届いた。

「ひっ、ひいいいいい」

伊藤半九郎が悲鳴をあげた。

「兄上。今は内与力に集中せねば」

伊藤卓也が注意を喚起した。

「い、嫌だ、嫌だ、死にたくない」

何度も何度も首を横に振った伊藤半九郎が、伊藤卓也にすがるような目をした。

「落ち着け、伊藤」

佐之介も声を掛けた。

「わっ」

そこへ咲江が大声を出した。

「あわっ。わあああああ」

震えあがっていた伊藤半九郎がそれに驚いて、背を向けた。

「おい、待て」

「……兄上」

逃げ出した伊藤半九郎に、佐之介と伊藤卓也が唖然とした。

「挟み討ちが破れたな」

血塗られた太刀を亨は残った二人に突きつけた。

「落ち着け」

兄がいなくなったために動揺している伊藤卓也を佐之介が宥めた。

「まだ、こちらのほうが多い」

「……そ、そうだった」

数の有利は大きい。言われた伊藤卓也が混乱から立ち直った。

「こちらから行く、そちらへ」

「わかった」

左右から同時に攻撃しようと言った佐之介に、伊藤卓也が同意した。

「咲江どの」

「……はい」

名前で呼ばれた咲江が、しおらしく応答した。

「助かったが、ここからは手出しなさるな。大きくお下がりあれ」

「従いまする」

反論せず、咲江が後に下がった。

「どなたか、町方役人を呼んできてくださいな」

咲江がまわりの野次馬に頼んだ。

「お、おう」

「任せときな」

若い女の頼みとあれば、腰が軽くなるのは男の性《さが》である。たちまち数人の男が走り出した。

「まずいぞ」

「大丈夫だ。すぐには来ぬ。あわてるな、確実にあいつを仕留めることだけを考えろ」

佐之介があわてそうになる伊藤卓也を諭した。

「行くぞ」

「ああ」

二人が、太刀を振りあげて駆け出した。

「……来る」

間合いは三間（約五・四メートル）ほどである。三歩も踏みこめば、一足一刀の間合いになる。

亨は腰を落とし、太刀を下段にして、間を読もうとした。

同時に斬りかかっているつもりでも、遅速は生まれる。刀や腕の長さ、剣術の素養による振りの速さ、踏みこみの深さと違いは出る。

その差をしっかりと見れば、多対一も一対一になる。

「左か」

佐之介の太刀が届くと亨は見抜き、身体を低くしながら左へと踏みこんだ。

「やああ」

全身の力をこめて佐之介が、太刀を振り落とした。

「なんのう」

亨も力一杯太刀を斬りあげた。

「……城見さま」

咲江が息を呑んだ。

「えっ」

屈んだことで亨の位置が下がり、佐之介の一刀は届かなかった。剣術の修業には、太刀を止めるというのもある。刀に敵味方の区別は付かない。下手をすれば、持ち主でさえ傷つけるのだ。まっすぐに太刀を振って止めなければ、かならず切っ先は己の足を斬る。

そうならないよう、剣術では、振った太刀をへその位置で止めるようにする。

亨はそこまで姿勢を低くした。

「へっ」

右から迫っていた伊藤卓也が、急に消えたように見えた亨に戸惑った。

「……なんだ」

興奮していると傷を負っても気づかないときがある。低くなった亨を追って、目を下げた佐之介は、己の下腹に食いこむ白刃を見つけた。

「佐之介どの……」

同時に伊藤卓也も気づいた。

「ぬん」

刺さった太刀を亨は大きく動かしてから抜いた。

「あっ、ああああああ」

割けた傷口から青白い腸がこぼれた。夢中で佐之介が太刀を捨て、手で落ちた腸を拾おうとした。

「残るは……」

亨が太刀を振りかぶったまま固まっている伊藤卓也を睨んだ。

「た、助けてくれ」

すとんと伊藤卓也の腰が抜けた。

「太刀を離せ」

切っ先を擬しながら、亨が伊藤卓也に要求した。

「わ、わかった……と、取れない。指が」

伊藤卓也が柄を振った。

「どけどけ、御用の者だ」

そこへ御用聞きが十手を振りかざして、野次馬をかき分けて出てきた。

「北町奉行所内与力城見である。無頼の者が斬りかかってきたゆえ、やむを得ず応じた」

「内与力さまで……」

勢いこんで来た御用聞きが萎縮した。

「誰だ」

「北町の定町廻り同心板谷《いたや》さまから手札をいただいております神田の次郎《じろう》と申しまする」

名前を訊かれた御用聞きが答えた。

「こやつを捕らえ、大番屋へ」

亨が生き残った伊藤卓也を指し示した。

「御武家さまではないので」

武士は町方の管轄ではない。神田の次郎が問うた。

「おい」

「ろ、浪人でござる」

亨にうながされた伊藤卓也が、震えながら告げた。藩籍は削られている。家中だと言ったところで見捨てられるのは決まっていた。

「神妙にしやがれ」

神田の次郎が伊藤卓也に縄を打った。

「城見さま」

太刀に付いた血脂を手ぬぐいで拭《ぬぐ》っている亨のもとへ、咲江が近づいた。

「近寄られてはならぬ」

亨が凄惨《せいさん》な状況を見せまいと制した。

「いいえ。武士の娘として、覚悟はできておりまする」

普段の上方口調ではなく、咲江が真剣な顔つきで告げた。

「御無事でございましょうか」

「おかげで、傷一つない。これらは返り血だ」

かなり大量の返り血を亨は浴びていた。

「申しわけないが、神田明神へお連れするわけにはいかなくなった」

すぐに報告をしなければならない。亨は頭を下げた。

「承知いたしておりまする」

咲江がうなずいた。

「では、いずれ、ご案内をさせてもらおう」

「はい。お待ちしておりまする」

亨の約束を咲江は受けた。


町方役人は犯罪者を殺さずに捕まえるのが役目である。定町廻り同心のなかには、太刀の刃を引く者もいる。

そんなおり、内与力が襲いかかってきたとはいえ、二人を斬り殺したのだ。

「理由なく町奉行所の者を襲うわけはないのに……」

「殺してしまえば、なにもわからぬ」

町奉行所内で亨への非難が出た。

「正当な行為だとわかってはおる。なれど裏が見えるまで、身を慎んでおれ」

曲淵甲斐守も苦い顔で、亨に謹慎を命じるしかなかった。

「はい」

主君の命である。町奉行役宅を離れた亨は曲淵甲斐守の屋敷に与えられている城見家の長屋へ戻った。

「伊賀守め」

亨の報告で、刺客たちが名乗っていた伊藤、江坂という小検使たちと同じ姓を聞いた曲淵甲斐守が吐き捨てた。

「浪人と言われれば、それ以上突けぬ。松平伊賀守を追いつめようとすれば、目付と当たる」

町奉行は目付ではない。大名への手出しはできなかった。かつて目付であった曲淵甲斐守は、職分をこえる恐ろしさをよく知っていた。

「向こうも失敗している。なにより一人押さえているのだ。おそらくなにも言っては参るまい。一度ならず二度までも寺社奉行と町奉行がぶつかったとあれば、ご老中さまがお怒りになる。騒ぎ立てて耳目を集めるよりは、黙っているが得策。一度松平伊賀守と肚《はら》を割って話さねばならぬ。ともに未来のある身。今後の争いをなくす意味でもな」

曲淵甲斐守は、保身を第一に考えた。

「謹慎だそうでございまする。他の内与力が金を受け取った今、これで町奉行の手足はなくなりました」

竹林一栄が左中居作吾を招いて、祝杯をあげた。

「あの若造がいなくなったな」

左中居作吾も喜んでいた。

「甲斐守はなにもせぬようだな」

「それが最善でございますれば」

二人は曲淵甲斐守の行動を理解していた。

「乱心した浪人による辻斬りとして処理するのだろう。そうせねば、喧嘩両成敗で城見も腹を切らねばならぬからな」

結末を竹林一栄が予想した。

「で、これを利用しない手はあるまい」

「どう利用すると言うのでしょう」

竹林一栄の話に、左中居作吾が首をかしげた。

「城見と浪人の遺恨騒ぎに仕立てあげようではないか」

「……ふむ」

左中居作吾が顎に手を当てた。

「残った一人、あやつに口述書を書かせ、つめ印を押させる。かねてから城見に恨みがあり、斬りかかったとな。そうなれば、辻斬りという話は崩れる。喧嘩両成敗が成立する」

「我らの言うとおりにしましょうか、あの生き残りは」

竹林一栄の提案に、左中居作吾がそううまくいくかと懸念を表した。

「拷問にかけてもさせる」

「そうおっしゃるなら任せまするが、奉行から乱心辻斬りという指示が出る前にせねばなりませぬ。奥右筆とも繋がりのある奉行でございます。遅れれば、我らの策が潰されるだけではございませぬ。今度は、竹林どのが飛ばされることになりまする」

「わかっている」

竹林一栄がうなずいた。

「明日中に牢送りをすませたい。証文を頼む。牢奉行の石出帯刀どのは、吾が姉婿だ。いくらでも融通はきく」

牢奉行は六百石の旗本だが、罪人を差配するということで旗本から忌避され、町奉行所の与力と縁組みする場合が多かった。

「わかりました。朝一番で用意いたしまする」

左中居作吾が、首肯した。

「町奉行所を我らの手に取り戻す日に」

「おおっ」

二人の与力が盃を干した。

この作品は書き下ろしです。

幻冬舎時代小説文庫

●好評既刊
上田秀人
立身の陰
町奉行内与力奮闘記一

忠義と正義の狭間で苦しむ内与力・城見亨に幾多の試練が――。主・曲淵甲斐守を排除すべく町方が案じた老獪な一計とは？ 保身と出世欲が衝突する町奉行所内の暗闘を描く新シリーズ第一弾。

●好評既刊
上田秀人
他人の懐
町奉行内与力奮闘記二

「他人の懐へ手出ししてきたのはそちらではないか」。千両富くじの余得に目をつけた町方の暴走が大騒動を引き起こす！ 曲淵甲斐守と城見亨の信念は町方の強欲にのまれるか。波乱の第二弾。

●好評既刊
上田秀人
側室顚末
妾屋昼兵衛女帳面

世継ぎなきはお家断絶。苛烈な幕法の存在は、「妾屋」なる裏稼業を生んだ。だが、相続には陰謀と権力闘争がつきまとう。ゆえに妾屋は、命の危機にさらされる――。白熱の新シリーズ第一弾！

●好評既刊
上田秀人
拝領品次第
妾屋昼兵衛女帳面二

神君家康からの拝領品を狙った盗難事件が多発。裏には、将軍家斉の鬱屈に絡んだ陰謀が。嗤う妾と、仕掛ける黒幕。巻き込まれた昼兵衛と新左衛門の運命やいかに？ 人気沸騰シリーズ第二弾。

●好評既刊
上田秀人
旦那背信
妾屋昼兵衛女帳面三

妾を巡る騒動で老中松平家と対立した山城屋昼兵衛は、大月新左衛門に用心棒を依頼する。その暗闘を巧みに操りながら、二人の動きを注視する黒幕の狙いとは一体？ 風雲急を告げる第三弾！

幻冬舎時代小説文庫

●好評既刊
日輪の賦
澤田瞳子

七世紀終わり。強大化する唐と新羅の脅威にさらされ、改革を急ぐ女王・讃良(さらら)と、反発する王族・豪族たちの対立は激化していた——。歴史ドラマの傑作!

●好評既刊
出世侍(三) 昨日の敵は今日も敵
千野隆司

大身旗本への奉公替えで更なる出世を果たした川端藤吉。前途洋々かと思われたが、新たな奉公先には敵ばかり。突として窮地に立たされる藤吉に光明は差すのか? 堅忍不抜の第三弾。

●好評既刊
妻恋坂情死行
鳥羽 亮

吉原に売られた想い人・ふさに逢う金欲しさに残忍な辻斬りを重ねる京四郎。生き地獄に身を沈めた二人が最後に辿りついた安息の地とは? 斬新な作風が評判を呼んだ意欲作、待望の文庫化!

●好評既刊
剣客春秋親子草 襲撃者
鳥羽 亮

千坂道場の門弟・荒川と石黒が謎の武士に襲われて以来、門弟への襲撃が相次ぐ。彼らの狙いとは一体何なのか? 真相が明らかになった時、道場に存亡の危機が訪れる。血湧き肉躍る第六弾!

●好評既刊
三匹の浪人
藤井邦夫

お人好しの〝御隠居〟こと立花右近。酒と女好きの〝大将〟こと夏目平九郎。金好きの〝万屋〟こと霞源内。因縁深き三浪人は、彼らを騙した女を追い流浪の旅に出た!! 勧善懲悪の痛快時代小説。

町奉行内与力奮闘記《まちぶぎょううちよりきふんとうき》三

権益《けんえき》の侵《しん》

上田秀人《うえだひでと》

平成28年9月15日　初版発行

発行人――石原正康
編集人――袖山満一子
発行所――株式会社幻冬舎
〒151-0051東京都渋谷区千駄ヶ谷4-9-7
電話　03(5411)6222(営業)
03(5411)6211(編集)
振替00120-8-767643
印刷・製本―株式会社　光邦
装丁者――高橋雅之

幻冬舎時代小説文庫

ISBN978-4-344-42522-4　C0193　う-8-12

幻冬舎ホームページアドレス　http://www.gentosha.co.jp/
この本に関するご意見・ご感想をメールでお寄せいただく場合は、
comment@gentosha.co.jpまで。